出稼ぎ令嬢の婚約騒動
7
次期公爵様は
愛妻が守らせて
くれなくて心配
です。

出稼ぎ令嬢の婚約騒動７

次期公爵様は愛妻が守らせてくれなくて心配です。

黒　湖　ク　ロ　コ

K U R O K O　K U R O K O

一迅社文庫アイリス

CONTENTS

イリーナ

貧乏伯爵家の長女。

これまで身分を隠して色々な貴族家で臨時仕事をし、その働きぶりから、正規雇用したいと熱望されることも多かった少女。現在、憧れが高じて「神様」として崇拝していたミハエルと結婚し、子供を授かる。

ミハエル

公爵家の嫡男。

眉目秀麗で、文武に優れた青年。面白いことや人を驚かせることが大好き。現在、紆余曲折を経て婚約したイリーナと結婚できたことで、幸せを満喫中。

出稼(でかせ)ぎ令嬢の婚約騒動 7

次期公爵様は愛妻が守らせてくれなくて心配です。

人物紹介

アセル

ミハエルの妹で、公爵家の次女。末っ子なため、甘えっ子気質なところがある少女。

ディアーナ

ミハエルの妹で、公爵家の長女。クールな見た目に反して、可愛いものが好きな少女。

アレクセイ

王都の学校に通っているイリーナの弟。尊敬する姉のことなら口がよく回る、社交的な少年。

オリガ

公爵家の優秀な侍女。現在、イリーナの傍付きをしている女性。

ヴィクトリア

コーネフ侯爵家から異国に嫁いだ令嬢。イリーナのことを高く評価している女性。

エミリア

王太子の婚約者であるシュヴァルツ国の王女。ミハエルとは衝突しがちな女性。

用語

神形 ―みかたち―

動物の姿をした自然現象。氷でできた氷像が動くなど、人知を超えた現象であることから、神が作った人形と言われている。討伐せずに放置すると、災害が起こる。

バーリン領

ミハエルが将来治める公爵領。火の神形が出没するため、温泉が湧く地域。

カラエフ領

イリーナの実家がある領地。冬になると氷の神形が出没する、雪深い地域。

イラストレーション◆安野メイジ（SUZ）

出稼ぎ令嬢の婚約騒動7　次期公爵様は愛妻が守らせてくれなくて心配です。

Engagement sacrifice of the working girl. 7th

序章：出稼ぎ令嬢の妊娠

イリーナ・イヴァノヴナ・バーリンの未来は何処に向かっているのか。

公爵領にある公爵邸のベッドで横になりながらぼんやりと思う。そしてそんな私は、現在医者に聴診器をお腹のあたりに当てられていた。

これまで、怪我はしても病気一つしない丈夫な私が、連続で医者のお世話になるなんて誰が予想しただろう。討伐の際に挫いた足はもう治っているのに、また医者を呼ぶことになるなんて……。

そんな中、ミハエルと使用人達はかたずをのんで医者の言葉を待っていた。その眼差しだけで、私と医者は穴だらけになりそうだ。

ミハエルの青空のような美しい瞳に見つめられると、いつもドキドキするのだけれど、今日は違う意味でドキドキする。皆があまりに真剣に見ているため、部屋の中は静まり返り暖炉の炎が爆ぜる音しかしない。私もつい呼吸を止めてしまいそうだ。

さらに別室で姉妹と義両親が、この診察結果の報告を今か今かと待っていた。なんだか緊張で気分が悪くなりそうだ。

使用人から最近の私の状態を事前に聞いていた医者は聴診器を外して、こちらを見るとニコリと笑った。

「おめでとうございます。ご懐妊で間違いないかと思います」

「イーシャ！」

ミハエルはベッドで横になっていた私に抱きついた。

その顔はとても嬉しそうで、まだ実感が湧かない私も、その笑顔だけで嬉しいと思える。

「現在はおおよそ妊娠六カ月に入ったぐらいですでに安定期に入っています」

「安定期とはどういう状態なのですか？」

正直、私は妊婦についてあまり知らない。弟のアレクセイが母のお腹の中にいた頃はずっと昔すぎて記憶にないし、出稼ぎをしていたため身の回りにそういった人はいなかった。正直気が付いた時にはもう生まれていたなんてことが多く、どう過ごしていたのか知らない。

「つわりなどが落ち着いてくる時期のことで、比較的体が安定している時期だと思って下さい。そろそろお腹が目立ってくる人が多いのですが、奥様は腹筋がしっかりとありますので、あまりお腹は出てこないかもしれません。一般的にお腹があまり出ないと子供が小さすぎるのではないかとご心配されることが多いですが、奥様の場合は別の要因であまり大きくならない可能性が高いです」

私は神形の討伐などをよくしていた関係で、今も趣味のように筋トレをしている。そのためしっかりとお腹の筋肉は割れていた。一般的なご婦人の体型とは少し違うだろう。

「安定期ならば、馬車での移動も可能ですし、散歩などの運動も問題ございません。それでも重い物を持つなど、お腹の負担になることは控えた方がいいかと思います」

重い物？

重いというのは人それぞれ違いそうだけれど、医者が言う重い物とは何キログラムなのだろう。

「例えば、ハンマーを持って神形の討伐とか、走り回るとかは止（や）めた方がいいということだね？」

ミハエルがにっこりと笑って医者に確認をする。

おおう。それは、つい最近私がやったことですよね？

「は？　ハンマー？　討伐？　……ごほん。妊娠前ならばさておき、もちろんそのような危険なことはしてはいけません」

えっ。そんなことをしているの、このご婦人という目を一瞬医者がした。すみません、しました。

私は昔から氷の神形の討伐に参加しており、先日も土の神形の討伐にも参加したばかりだ。その時は重いハンマーを振り回して、遠心力を使って投げて地龍（アースドラゴン）の討伐に貢献していた。妊娠していると知らなかったとはいえ、とんでもないことをしていたのだと実感する。

その前の冬の時もさらわれた王女を探して王宮内を走り回り、椅子を投げ飛ばした。さらに雪かきも沢山した。……丈夫な体でよかったと心底思う。

「あの、筋トレは駄目でしょうか？」

「きんとれ？」

医者は一瞬何を言われたか分からなかったようで、単語をおうむ返しした。すみません。普通のご令嬢は聞かない内容ですよね。

毎日庭で走ったり、筋トレしたりする令嬢なんて、数々の家で出稼ぎをしてきた私も聞いたことがない。間違いなく少数派だ。

「あー、筋肉トレーニングですね。えっと、ソウデスネ。腹筋は止めましょう。いわゆる腹直筋を鍛えると腹圧が上がりますので」

「はい」

「ですが、お産では体力を使いますし、ストレスを溜めすぎるのもよくないです。そのためストレッチや散歩は問題ございませんし、体を動かすことが好きなのでしたら積極的に行ってもいいでしょう。子宮のあたりに違和感があった時は中断し、休憩すれば大丈夫です」

あれもこれも駄目なことばかりでしょんぼりしてしまったのを医者は感じたようだ。動かなさすぎるのもよくないことなのだと、妊婦がやってもいいことを教えてくれる。

「えっ。屋敷の中は抱っこした方が……」

「転倒するなどの恐れがございますので、普通に歩いていただいて大丈夫です。病気ではございませんので、寝たきりになる必要はございません」

よかった。この間足をひねってしまった時は、ミハエルは過保護を暴走させ、一日中私を抱き上げて運びたがったのだ。食事すら食べさせようとしてくる生活は嫌なので助かった。

「現状、母子共に健康ですよ。早めに産婆にも診てもらい、何時でも連絡できるようにして下さい。予定日は分かりますが、出産は予定通りとはいきません。予定より早くなることもあれば、夜中に産気づくこともありますから」

「性別などは分かるのかい？」

「妊婦の体型などから予測することはできますが、絶対ではございません。また髪色や瞳の色等も両親に似ることもあれば、さらに上の代の方に似ることもございますので必ず両親に似ているとも限りません」

ミハエルの髪色は輝かしくも神秘的な銀髪で、瞳の色は青空の色だ。対して私の髪はよくある亜麻色で、瞳は曇り空の色をしている。できればミハエルの色を持って生まれてきて欲しいが、子供の場合は両親のどちらにも似るので、これればかりは選べない。

そして髪色が違うと不貞などを心配される恐れがあるため、あらかじめ医師は伝えてくれるのだろう。実際ミハエルの兄妹でもアセルだけが唯一金髪で、これは祖母に似たためだと聞いている。

「そして色素の薄い髪色で生まれても成長すると濃い色になる場合もございます」

「そうか。なら生まれてきて、さらに成長してからの楽しみだね。できたらイーシャに似た子がいいなぁ」

「えっ。そこはミーシャでは？」

私に似ても平凡であまりいいことなどない気がする。むしろ神のごとき美貌(びぼう)を持つミハエルに似た方が本人も私も周りも幸せではないだろうか？

「いや……俺(おれ)に似た場合、イーシャの興味が一気に子供だけに向きそうでさ……」

それは……。

私はそっと目をそらした。長年信仰してきたミハエル教信仰を変えるつもりはない。しかし小さいミハエル様を見た時、自分がどのような行動をしてしまうか予測できなくて少し怖い。

「子を産むと本人の精神面にも影響が出ます。そのため父親としての自覚を持ち、思いやることが夫婦円満の秘訣(ひけつ)だと私は思います」

夫婦喧嘩(げんか)が始まりそうな空気を感じ取ったのか、医師はそう話をまとめた。

ミハエルに父親としての自覚を進めたが、その前に私が母親としての自覚を持たないといけないのではないだろうか？　正直に言うと、まだ全然実感がない。もう少しお腹が大きくなれば出てくるものだろうか？

その後医者から健康だと太鼓判を押され、私の診察は終わった。

「ともかく、色々あったけれど、イーシャとお腹の子が元気でよかったよ」

「すみません。まさかこのタイミングで子を授かるとは思わず……」

「いや。びっくりはしたけれど何も謝る必要はないよ。そもそも子を授かるのは、イーシャだけの責任ではないし、喜ばしいことなんだから」

討伐を終えてすぐのタイミングで発覚したので驚かせてしまったと謝るが、ミハエルは首を振るとベッドの上に座った私を抱きしめた。

「それにイーシャにびっくりさせられるのには慣れているからね」

「あはははは」

ミハエルをびっくりさせた事項はどれのことを指しているのだろう。婚約者とは知らずに使用人としてバーリン公爵家で働いてしまった件か、男装して臨時討伐武官の仕事をしているところを見られてしまった件か、それとも着ぐるみを着てバレエを踊った件か……。これらが約一年の間にすべて起こったことだなんて……、不思議なこともあるものだ。思い返せば次々に出てくるやらかしに、私は笑うだけに留めておく。

下手に思い出話を口にすれば藪蛇になりかねない。きっともう、これ以上驚かせるようなことは起きないはずだ。

ミハエルと話していると、遠慮がちにノックが鳴った。

「医者が帰ったようだが、結果がどうだったか話を聞かせてもらえるかい？」

扉越しに義父に声をかけられ、ミハエルが私を見る。

「イーシャ大丈夫？」

「はい、大丈夫です」

ミハエルに確認され、私が頷くと、ミハエルは扉を開けに向かった。てっきり義父が代表で聞きにきたのかと思ったが、ぞろぞろと義母や姉妹達も一緒に入ってきた。どうやら全員が気になって廊下まで出てきていたらしい。

使用人達が慌てて全員座れるように椅子を準備する。

「それでどうだったんだい？」

「母子共に健康だよ。今は妊娠六カ月に入ったぐらいで、安定期だと医者は言っていたよ」

「まあ、おめでとう」

「イーラ、おめでとう」

「イーラ姉様、おめでとう！　性別とか分かるの？」

何を聞くよりもまず祝ってもらえて、胸の中が温かくなる。公爵家の方は本当にいい方々ばかりだ。

「性別も見た目も生まれてからしか分からないそうですよ」

「妊娠六か月だと、生まれるのは秋の終わりぐらいになるかしら」

「はい。そろそろお腹が出てくる頃らしいのですが、私は人より筋肉量が多いのでもしかしたらあまり出ないかもしれないそうです」

「イーラ姉様、鍛えているものね。ウエストもコルセットがいらないぐらいだし」

アセルにしみじみと言われ、私は苦笑した。

貴族女性はコルセットでお腹を締めるため細いのだけれど、食事制限で細いだけで、私の体型とは少々違う。

「安定期ということは、今ならば馬車で移動することも大丈夫ということだね」

「はい。激しい運動や重い物を持つ以外はこれといって禁止することはないと言われました」

私の場合は、激しい運動や重い物を持つことがちょくちょくあるので気を付けなければいけないが、ひとまずほとんど禁止事項はないとみていいだろう。

「むしろストレスを感じない方がいいそうだから、イーシャは散歩やストレッチはした方がいいだろうね」

「はい」

一日中動かないのは確実にストレスになりそうなのでできれば動く時間が欲しい。

「問題は王都で過ごすか、バーリン領で過ごすかだな」

「私はイーラがこのまま公爵領の屋敷に滞在してくれるのは、とても嬉しいけれど、もうしばらくすれば王都で王太子の結婚式もあるでしょう？」

「確かに王太子の結婚式はできるなら出席しておいた方がいいな」

王太子はいずれ王となり、次期公爵であるミハエルは幼馴染でもあるので、関わりが深い。そのため妻である私も、体調に問題がないのならば節目である結婚式は参加した方がいいそうだ。

そして王太子の結婚式ということはエミリアの結婚式でもある。

エミリアは異国の王女だが、一度色々な偶然が重なり護衛をしたことが縁で、今も一緒にお茶をしたりもする。できれば私も参列したい。

「体調を考えると、直前の移動ではない方がいいのではないかしら？」

「私もそう思うわ。移動に問題がないとはいえ、長距離の移動に負担がないわけではないと思うの。だとしたら直前ではなくもっと前に移動して万全の体調で臨むべきだわ。でも使用人がいるとはいえ、常に一人きりというのもストレスが溜まらないかしら？　ミハエルは仕事で日中はいないのだし」

ディアーナの言葉に義母は頷いたが、困ったように頬に手をやった。凄く気を使われてしまっていることに、私はあたふたとした。何か言わなければ。

「いえ、私なら大丈夫――」

「なら、私が一緒に王都に行くよ！　折角だもの、お姉様もどう？　王都ならエリセイお兄様と結婚式の打ち合わせもしやすいと思わない？」

「確かにそうね。新婚だから気を使ったけれど、妊娠したなら話は別だわ」

そこまで気を使ってもらわなくても問題ないと言おうとしたのに、それより先にアセルが一緒に滞在すると手を上げてしまったどころかディアーナまで巻き込んだ。ディアーナは婚約者のエリセイと会いやすい距離になるのでまんざらでもなさそうな顔になっている。

　こ、これは覆しにくい。

「そうと決まれば、今日は力のつくものを用意しましょう。最近のイーラは野菜ばかり食べて心配だったのよ。もちろん妊娠中は味覚がいつもと少し変化してしまうのも分かるけれど。私も芋のオーブン焼きしか食べられなくなったことがあったわねぇ」

「あの時は食事が偏ってしまって心配したな。私まで食べ物が喉を通らなくて」

「そうそう。心配しすぎて、貴方の方が痩せてしまったのよね。流石にディアーナとアセルの時はそんなことはなかったけれど」

　とても仲のいい夫婦だったようだ。思い出話に花を咲かせ始めると、ミハエルも姉妹もすんとした顔をした。

「両親のことはともかく、カラエフ伯爵にも連絡をとった方がいいね。妊娠出産となれば、絶対心配されるはずだから」

「そうね。あちらも初孫になるのだからそのあたりはちゃんとしておかなければいけないわ」

　孫……。

　そうか。私の子供だから、孫か。

　当たり前のことなのに、まだ子供という実感が湧かないせいで、孫と言われるとなおさらピンとこない。

私は両親それぞれの祖父母の記憶というものがない。母は親族と縁を切っているためまったく知らないし、父の方の祖母は私が生まれるより前に他界している。両親と前に話した感じだと、祖父とは多少の面識はあったのだろうが、四歳の時に亡くなっているため、やっぱりまったく覚えていない。

それにしても、父と母はもう祖父母と呼ばれるような年齢なのか……。

「分かりました。手紙を出したばかりなので申し訳ないですが……」

「そんなことは気にしなくていいよ。手紙はイーシャがご両親に何かを伝えたいと思った時に、つど書いていいんだ」

カラエフ領はバーリン領からかなり離れている。手紙を届けるための労働力の他(ほか)、インク代や紙代と考えると、頻繁に送るというのはかなりもったいない気がするのだ。貧乏伯爵令嬢でかつ、自分自身でお金を稼ぎに出稼ぎしていたからこその感覚である。

でも今は次期公爵の妻だ。これぐらいで公爵家が揺らぐような財力ではないのは知っているし、もっと恐ろしい金銭感覚で私の衣装や装飾品を買ったりするのも知っている。

「すみま……いえ。ありがとうございます」

なかなか慣れないことに謝りかけたが、それよりはお礼の方が受け取る側も気持ちがいいだろうと思い言い直した。するとミハエルどころか義両親や姉妹まで微笑(ほほえ)ましいものを見るような顔になった。

「ならイーシャはまずは手紙をしたためるかい？」

「はい。問題なければ」

両親は孫ができたことをどう思うだろうか？

わざわざこんなことでと思うだろうか？　嫌がることはないとは思うけれど、あまり興味がない可能性も……。

両親の反応が想像もつかないが、公爵家の皆様のご厚意でと書いておけば、ひとまずは納得してくれるだろう。

皆が部屋を出て、一人になった私は、両親へ子供を授かった旨、王太子の結婚式があるためしばらくしたら王都へ向かう旨、それから出産が秋頃になりそうなことなどを書き連ねる。

子供の性別が分からないことは、出産経験がある両親なら知っているので書かないが、後は何を伝えたらいいだろう。

「子供の名前決めは……もう少し後よね？」

後にはなるけれど、男の子か女の子かも分からないので、両方の名前の候補を考えないといけない。ああ。だとすると生まれた赤子の服は、男女どちらでも着られるものを用意しないといけないのか。いや、そもそも生まれたばかりの子ってどんなものを着ているの？　確か首が据わっていなくて体中がふにゃふにゃという話は聞いたことがあるけれど……。

秋ならばすぐに冬になるし、もう寒い可能性もあるから赤子用防寒具も必要？　でも赤子の使うものってどんなものなのかしら？

色々出産経験のある人に何を準備していけばいいかを聞かなければいけないけれど、ここは公爵家だ。衣装は自分で用意するのではなく、使用人が準備することになる可能性が高い。

手紙を書いてみて、私は分からないことだらけだということが分かった。これは確かに一人で悶々（もんもん）と考えるのはよくないだろう。きっと分からないことばかりで不安にかられるはずだ。私には経験者から話を聞いたり、逆に誰かに心配事を聞いてもらったりする時間が必要なようだ。

手紙をしたため終わり少し休憩していると、部屋がノックされた。

「イーシャ。夕食の準備ができたけれど、部屋に運んだ方がいいかい？」

「大丈夫です、行きます」

出産後のことを考えていると不安になり少し疲れた。でも流石に部屋で食事をしなければいけないほど体調は悪くない。

廊下へと出ればミハエルがエスコートしてくれる。

「肌寒いとかないかい？　妊婦に冷えはよくないそうだよ？」

暦では春に入っているのに、まだまだ寒く、服も防寒具は手放せない。

「大丈夫ですよ。元々私は寒い地域出身なので、それほど寒いと思わないんです」

「でもご飯の時はひざ掛けがあった方がいいね。準備させよう」

か、過保護だ。

足を怪我した時も必要以上に過保護だったけれど、それとは別な感じに過保護スイッチが入っている。

「食べたいものがあれば何でも言ってね。どんな難しい食材だって取り寄せるよ」

「い、いえ。普通の、本当に普通のいつも食べているものでお願いします」

否定しておかないと、本当に幻の食材を取り寄せ、ずらりとならべ、これは体にいいんだよと手ずから説明を始めてしまいそうな怖さがある。

「イーシャは欲がないよね」

「そんなことありません！　えっと、ミーシャと一緒に食事ができることが一番幸せだという話なだけです」

嘘ではない。嘘ではないが、ミハエルの過保護暴走を止めるためにそう言えば、ミハエルは目をうるませキラキラとさせた。視界が神々しすぎる。

「い、イーシャ……。もうこれからは、三食全部イーシャと一緒に食事する！」

いや。それだと職場の人、大迷惑。

そんなわがままをミハエルが言い出した日には、私の責任が大きいため、罪悪感で死ねる。ミハエルのイメージに傷がつくのは断固拒否だ。

「あ、あの。私、ミハエルが武官として働いている姿も好きなんです。だから、一日一回、朝食だけは必ず一緒に食べませんか？　早起きは得意ですし」

ミハエルの神々しさに負けないようミハエル教を一旦胸の奥にしまう。そして両手でミハエルの手を握り、上目遣いでじっと見れば、ミハエルは顔を赤くしてこくこくと首を縦に振った。

「イーラ姉様のお兄様使いの腕が上がっている……」

「ミーシャがチョロいというのもあるけれど、上手く手綱を握ってくれるのは安心ね」

「はっ?!」

廊下でやり取りをしていたので、私がミハエルの過保護暴走を止めようとしているのをばっちり姉妹に見られてしまった。ううう。恥ずかしい。

そんなこんなで私は毎日ミハエルに必要以上に過保護にされつつ、時折抵抗したり、姉妹に止めてもらったりしながら生活をすることになった。

「やっぱり二人だけにするとミーシャが暴走してしまいそうで心配だわ。妊婦に心労をかけないでちょうだい」

「うん。イーラ姉様と一緒に行くって名乗り出てよかったよね」

「二人にはご迷惑をかけます」

王都へ出発する頃には、姉妹は自分の判断は間違っていなかったとしみじみ言うようになった。姉妹には本当に助けられてばかりだ。

ミハエルの暴走は今だけだと思いたい。

「そんなに過保護かな？　妻に対して当たり前のことしかしていないと思うのだけれど」

過保護に拍車がかかっている自覚のない発言をするミハエルに、姉妹の視線は生ぬるい。これはミハエルなりの冗談なのか、それとも本気なのか。この発言が本気の場合、ミハエルが想像する過保護行動はどの程度なのかが恐ろしい。

半日ほど馬車に揺られながら、王都に着いた後もミハエルの過保護は変わらなかった。むしろ仕事に行くことで離れる時間ができたためか、公爵家に居た頃より悪化している気がする。

そんな王都での生活をしてしばらく経った頃、私は両親から近々会いに行くという手紙を受け取った。

一章：出稼ぎ令嬢のお散歩

春なのにまだまだ、肌寒い朝。

防寒具を着込んだ私はエントランスで、生暖かい視線と、熱い抱擁をもらっていた。

「イーシャとクローシカと離れたくないよ。もしも俺がいない間に生まれてしまったら」

「絶対まだ生まれません」

公爵領から王都に住む場所を移して、ミハエルが仕事に行くようになってから、私は毎朝このやり取りをしている。あまりに回数を重ねたため、この寸劇はもう、出勤前の儀式のようだ……。

お腹の子供の名前はまだ決まっていないため、ミハエルは【おちびさん】という意味でクローシカと呼ぶようになった。なんでもお腹の中にいても、赤子は音を聞いているのだと職場の人に聞いたらしい。そのためミハエルはことあるごとに話しかけていた。

さらに出勤前で忙しいはずなのに、ミハエルは私のお腹に抱きつくと、すりすりと頰ずりする。初めこそこの距離感が恥ずかしく、頰を染めていたが、ひと月近く同じやり取りをしていれば流石になれる。もうこの行動を含め、行ってきますの挨拶のようなものだ。

「ほら、クローシカもお父様のカッコイイところを見たいと言っていますよ」

クローシカは何といっても私の子だ。絶対ミハエル様のカッコイイ姿を見たいと思ってくれるに違いない。そのため私はクローシカの言葉を代弁する。

「仕事に行ってしまったら、見せられないじゃないか！」

それは確かにそう。

私だって見学できるものならば、ミハエルの職場をしっかり見学したい。むしろ職場の壁になりたい。カッコよく働くミハエル様を網膜に焼き付けたい。きっと剣をふるい、部下に命令をしているミハエルは神々しいだろう。汗をかいたら男らしく服でぬぐうのか、それとも王子様のようにハンカチで拭（ふ）くのか……想像だけで鼻血が出そうだ。

そして武官の中でミハエルに心酔している同志がいたら、一緒にミハエル様を賛美し合いたい。

でもそんなわけにはいかない。次期公爵夫人がミハエルの職場を訪れたら、必ず接待するだろう。勝手な訪問で仕事の手を止めさせるなど、迷惑以外の何ものでもない。さらにじっと見学なんてされたら気になってしまうに違いない。どう考えても邪魔だ。

もしもここで私の正直な気持ちを伝えたら、ミハエルは暴走し次期公爵夫人の職場見学会が開催される気がする。だからこそ絶対言えない。

それに本音をぶっちゃければ姉妹には引かれるだろう。わざわざ王都までついて来てくれたのだからこそ、これ以上の気苦労はかけられない。

「ごちゃごちゃ言っていないで、遅刻する前に仕事に行きなさいよ」

「うんうん。クローシカにカッコイイ姿を見せたいなら、今の姿は見せてはいけないと思うの。働いていない父親って、私なら嫌だなぁ」

私達の寸劇に姉妹が呆れたような顔で加わる。特にディアーナの目が冷ややかだ。

それにしても一言でミハエルの動きを止めてしまえるなんで、流石ミハエルの妹だ。

ちなみに以前、なぜミハエルの対応に手馴れているのかと二人にチラッと聞いてみたら、義父と義母のやり取りがまったく同じだからと言われた。……な、なるほど。歴史は繰り返されているらしい。

「そんな。クローシカ、お父様のことを嫌いにならないで」

「大丈夫です。ミーシャのことを嫌いになるはずがありません」

「でも年頃になると絶対うっとうしいと思われるわね」

「えっ。まさかそんなはず……イーシャ、目をそらさないで」

ディアーナの言葉に確かにと思ってしまったため、私はとっさにミハエルから目をそらしてしまった。思春期は皆、そんなものだと思う。

でも同意だけでは、ミハエルはまたショックを受けてしまう。かくなる上は、最終兵器だ。

「だ、大丈夫です。私はずっとミーシャのことが好きなので！」

「イーシャ！」

「ぐふっ」

恥かしさをこらえ、拳を握りミハエルを鼓舞すれば、感極まった様子でミハエルは私の名を叫んだ。そして私に抱きつく腕の力が強まる。そこまで痛いわけではないけれど、私から反射的にうめき声が出ると、ミハエルを姉妹達は力ずくで剥がして、その背中を押した。

「いい加減にしなさい！」

「うんうん。イーラ姉様は妊婦なんだよ。ずっと立ちっぱなしにさせたら疲れるでしょ？」

「はっ?!　確かに」

ミハエルがはっとした顔をした後、心配そうに私を見た。

ごめんなさい。毎日それなりに散歩をしているので、この程度でどうにかなったりはしません。でもここで大丈夫だと言えば永遠に繰り返すことになってしまうので、あえて否定はしなかった。

「ミーシェニカ。お仕事、頑張って下さい」

「うん、うん。俺、がんばる」

ここぞとばかりに愛称で呼び、にこりと微笑めば、ミハエルはようやく朝の儀式を終えて仕事に向かった。一緒に見送っていた姉妹の目が若干死んでいるのは申し訳ない限りだ。

「すみません。もっとミーシャの手綱を握らなければいけないとは分かっているのですが……」

「どう考えても妊婦を煩わせる方が悪いし、イーラは謝る必要ないわよ」

「そうそう。お兄様、ここまでなら甘えても怒られないかなって見極めて絶対やっているもの」

「昔からそういうのが得意ですものね。アセーリャも」

「お姉さま酷い。今回は私関係なくない？」

ぷくっとアセルが頬を膨らました。そんな姉妹の会話に、私もくすりと笑う。でも実際、そうなんだろうなとは思う。本当に私の調子が悪そうならば、ミハエルはこんな寸劇はしない。

「二人の今日のご予定はどうなっていますか？」

「午後からお茶に誘われているけれど、それぐらいね」

「私も同じ。後はピアノの先生に課題を出されているから練習しておかないといけないぐらいかな……はぁ」

「お茶会をお二人に任せっきりになってしまってすみません」

雪も降らなくなりお茶会の誘いも増えたが、妊娠をした私は控えるように言われている。なんでもお茶に含まれている成分があまりお腹の子供によろしくないのだそうだ。また、お腹にいる子が公爵家の跡取りとなる可能性の高い子供であるため、悪意を持つ誰かに何か薬を入れられたりする警戒も必要となるらしい。

そのため、生まれるまではお茶会は姉妹が中心で行なってくれることになった。

「お茶会は好きだから大丈夫だよ」

「そうね。昔からやってきたことだし、そんなに気にする必要はないわ」

「でも本当は頑張らないといけないと思うんです」

　公爵夫人となるならば、その立場にふさわしい動きをしなければいけない。でも現実問題、それができているとはとてもではないが言えない。

「イーラ姉様、眉間にしわが寄っているよ。ほらほら力を抜いて」

「お茶会が一生できないわけではないもの。現公爵夫人であるお母様もまだまだ現役なのだし、焦らなくても大丈夫よ。イーラはもっと周りに頼ってもいいと思うわ」

「十分頼っている気が……。ディーナ、アセーリャ、いつもありがとうございます」

　姉妹は申し訳ない気持ちになっている私に対して、にこにこと笑った。流石、ミハエル様の妹君。心が広く完全無欠なご令嬢だ。女神かもしれない。

「どういたしましてと言いたいけれど、私達のことは神格化しなくていいからね」

　はっ。なぜバレた。

　口に出していないのに気が付かれた。

　でもそれが顔に出てしまったのだろう。二人に困った顔をされた。

「女神はイーラ姉様の方でしょう？　ほら。勝利の女神とか、戦女神とか」

　女神は女神でも一気に物騒な方面の神様だ。私が神とかあり得ないけれど、でももしも神格化するならその方面で間違っていない気はする……。私は普通のご令嬢よりも、少し戦闘に特化していると自認している。

「歓談中失礼します。若奥様、カラエフ伯爵とその夫人がご到着されました」

「ありがとう。エントランスまで通してくれるかしら？」

両親が到着したと聞いて、私はエントランスへ向かう。昼すぎに到着するかと思っていたけれど、思ったより早めに着いたようだ。

カラエフ領と王都は離れているので、到着時刻はかなり幅ができる。直接この屋敷に来る約束にしておいたので、今日は一日中予定を入れないようにしていた。

一応あまりに遅い時間帯に到着した場合は、こちらで泊まることも可能なように使用人には伝えてある。両親も王都で泊まる場所は先に確保しているので、到着時刻で決めることになっていた。

姉妹達と一緒に移動した先には、貴族然とした母が立っていた。領地で生活している時よりもしっかりと化粧をし、毛皮のコートも羽織って身綺麗（ぎれい）にしている。その隣には、そんな母をエスコートしているように見せかけて、実は杖代（つえ）わりにしているんだろうなと思うぐらい青を通り越し真っ白な顔をした父がいた。しっかりと防寒しているのに、白粉（おしろい）を付けている母よりも白いのはこれいかに。今にも倒れそうだ。

「えっ。カラエフ伯爵は大丈夫なの？」

父のヤバイ雰囲気に気が付いたアセルがひそっと私に囁いた。分かっている。体調が悪いどころか今にも死にそうに見える。

しかし母が慌ててない様子から、私にはその原因がすぐに見当がついた。

「多分馬車酔いです」

父は運動神経もなければ体も弱い。三半規管もすぐに狂うため、馬車に乗れば酔うのはいつものお約束だ。休むことなく、直接公爵家に足を運んだため、余計にふらふらなのだろう。

「お父様、お母様、カラエフ領からようこそおこし下さいました。……お父様は、椅子に座れそうですか？」

小さめの声で聞けば父は力なく首を振ったが、それで余計に気持ち悪くなったようだ。口を一文字にむすび瞑想している。

「申し訳ないのだけれど、ベッドを借りられるかしら？　彼が話すのは少し難しいけれどその隣で、イーラとお話しできればと思うの。ただベッドを使うから、できれば部屋にはイーラだけ入ってもらいたいのだけれど……」

確かにこの後、父が粗相をする可能性が高いので、ディアーナやアセルの同席は避けた方がいいだろう。一応これでもカラエフ伯爵なのだ。あまり敬意を損失するような状態を見せない方がいい。

「分かりました。オリガ、ベッドのある部屋を用意できるかしら？　無理ならば、私の部屋でもいいのだけれど」

「すでに客室はいつでも使えるようにご用意してあります。そちらでよろしければ大丈夫です」

「ありがとう。なら客室を使いましょう。ディーナとアセーリャには申し訳ないのですが、両親からの挨拶は日を改めてもよろしいでしょうか？」

「ええ。もちろん大丈夫よ。お体が弱いと聞いていたけれど、馬車で移動するだけで体調を崩されるなんて大変ね。私達は別室にいるし、何かあったら呼んでくれる？」

「はい。もちろんです。ありがとうございます」

「お大事にして下さい」

ディアーナとアセルはこの場で立ち話を続けるのもよくないと気を利かせてくれたようで、すぐにその場から退席した。

私達も客室に移動するが、父が限界だったようで、廊下の途中で口を押えしゃがみこむ。

「お父様?!」

「ずばない……」

「誰かベッドに連れてってくれる？」

妊娠していなかったら、私が背負って運んでもよかったが、たぶん今父を持ち上げるような作業をやれば、屋敷に居る全員に怒られることが分かるので指示を出す。

自分でできないのは手間だが、公爵家の使用人はできる使用人なので、さっと動き、タンカーで父を運んでくれた。……ただの馬車酔いなのに申し訳ない。

部屋に入ったら、桶（おけ）と水をお願いした。私と母にはクランベリーのモルスを運んでもらう。

父はベッドに横になると、そこで死んだように目を閉じた。多分頭痛も起こっていそうだ。

「馬車酔いですよね？」

馬車酔いだとは思うのだけれど、あまりにも顔色が悪い。元々筋肉がなく細身なのも相まって、死の淵にいる人のようだ。

「ええ。間違いなくそれね。ここに来るまでの間、ずっとこんな調子だったわ。ゆっくりとした移動にしたけれど、逆に少しでも地獄が早くすぎ去った方が本人は楽だったかもしれないわね。戻る時は早めてみるわ」

「お父様、馬車との相性が最悪ですものね」

逆に体調不良の状態で王都まで馬車に乗ってきたお父様は凄（すご）いのかもしれないと思えてくるぐらい不憫（ふびん）な状態だ。母が言う通りゆっくりでも酔うのなら、多少大きく揺れることになっても、一思いに地獄を一瞬で終わらせてあげる方が幸せかもしれない。

「馬車より速い蒸気機関車があればもっと楽かもしれませんね……」

そろそろ王都とバーリン領を結ぶ鉄道が開通するらしい。それがあれば多少はマシにならないだろうか？

「いいえ。昔異国のバレリーナから聞いたけれど、あれは馬車より広くて、大勢の人を中に入れた建物を運ぶそうよ。沢山の人がいたら、彼の場合人酔いも加わるわ」

えっ。建物が動くの？

何処まで正しい情報か分からないけれど、どちらにしても楽にはならないらしい。父は一生カラエフ領から出ない方が幸せだろう。

「王都で開かれる舞踏会も参加したことがありませんでしたものね。……お父様は参加できない方が幸せのようですね」

領主ならば、たとえ貧乏だろうと王家が催す舞踏会などの招待状が来るが、父は財政難を盾にすべて断り出席しなかった。本来なら不敬になるかもしれないけれど、カラエフ領は田舎領地で、影響力も少ないので、それでまかり通ってしまっていたのだ。

どちらにしろ、この様子を見る限り、到着しても舞踏会に参加できる体調になるかは怪しい。

「今回はいつ頃まで滞在されるのですか？」

「王太子殿下の結婚の祝賀パーティーに参加予定だからそれが終わったら、またカラエフ領に戻るわ」

へぇ。珍しい。

そう思ってしまうぐらい、父がその手のものに参加している記憶がない。私の関係で王都に来る用事ができたからついでに参加しておくということだろうか？　いや、王太子の結婚式がついでというのは不敬だけど。でも借金がなくなり、私が嫁いだことでだいぶんと余裕もできたとは思う。

父が参加しないので母も同様にそういったものは一切参加してない。久々に社交に出られることを母はどう思っているのだろう？　嬉しいのかそうでもないのか。私としては知り合いがいることは安心ではあるのだけれど。

「そうそう。イーラ。手紙には書いたけれど、妊娠おめでとう。よかったわね」

パーティーの話題を出そうとしたが、先に母が妊娠した話を出してきた。あまりに唐突だったので一瞬きょとんとしてしまう。

でも嬉しそうに微笑む姿は間違いなく祝福しているもので、私はほっとしお腹に手を当てた。

「まだ実感は薄いですが、ありがとうございます」

「仕方がないわよ。赤ちゃんができたからすぐに母親の自覚ができるなんてことはないわ。中には生まれても母性が分からない人もいるもの。こういったことは、時間をかけて母親になっていくものだわ」

ミハエルがお腹に毎日クローシカと呼びかけるので、ここに子供がいるんだなと思うけれど、お腹は膨らんでいないし、何かがいるという感覚もない。だから嬉しいことではあるはずなのに、なんとなく自分の気持ちは追いついていなかった。それがおかしくはないと言われ、少し安心する。

「無理だなと思えば周りを頼ればいいのよ。私も実際頼ってばかりで……あまりそういうところはいい母親ではなかったわね」

「いえ、そんなことは……」

「あるのよ。でも私を反面教師にしすぎても駄目だから、さじ加減が難しいわね。頼れるところは頼りなさい。特に生まれる前は。イーラはとても健康だけれど、妊娠中はね無理をしてはいけないわ。少し私の経験談を話すわね」

そう言って、母はモルスを飲んだ。

「私は体が丈夫な性質で、イーラを妊娠出産した時は余裕だったのよね。もちろん産む時に痛いとかはあるわ。でもそれぐらいで、つわりも軽くて本当に健康だったの。だから油断してしまったの。リョーカがお腹の中にまだいる時に、丁度カラエフ領へと行かなければならなくなって、私は家族が離れないためについていく選択をしたわ」

その話はちらりと以前カラエフ領に帰った時に聞いた話だ。計算すると確かに弟のアレクセイがまだお腹にいる頃に移動したことになる。

「その年は冷害が酷く、向かう道は雪だらけ。移動もなかなか困難で、少し無理をしたのがいけなかったのでしょうね。切迫性の流産をしかけたの」

カラエフ領の雪はとんでもなく深く、妊婦が出歩くようなものではない。そこを無理すれば、最悪の結果も考えられる。でも今現在、母もアレクセイも生きているので、何とか無事に出産して育てられたのだろう。

「私はカラエフ領に着く前の道中でイザベラ様を頼って、彼女の領地で出産させてもらったわ。その間にイーラとヴァーニャは先にカラエフ領に行く形になったの。イザベラ様の領地で、私は絶対安静状態になってしまったわ。安静にしたおかげで何とかリョーカがある程度の大きさになってから産めたけれど、私はその後も体調を崩してしまったの。リョーカも早産で小さかったから、しばらくイザベラ様にお世話になることになったのよ」

「イザベラ様はお母様とアレクセイの命の恩人ですね」

私もイザベラ様には出稼ぎ先を紹介してもらうなどと迷惑をかけていたので、親子そろって彼女に足を向けて寝ることはできない。

「そうなのよ。そしてね、その時医者に言われたの。私とリョーカが生きているのは、運がよかったからだって。本当にそう。もしイザベラ様の領地で安静にさせてもらえなかったら、きっと命を落としていたわ。だからね、お産に絶対大丈夫はないの。どれだけ健康でも。だから無理だけはしては駄目よ」

「分かりました」

私は幼かったせいか、あまりその頃の記憶がない。でも確かに母が近くにいなかった時期があったのはなんとなく覚えている。まさか流産しかけて近くにいなかったのだとは知らなった。

きっとそんな経験をしたのならば、私の出産が心配になるだろう。幸い雪深くなる前に出産することになるのでよっぽど大丈夫だとは思うけれど。

「雪だけが問題なのではないわよ？」

「あ、はい」

見抜かれていたようだ。

まあ、重たいものは持つなとさんざん周囲から言われ、走り込みも我慢しているのだ。一応気を付けてはいる。

「実はヴァーニャもイーラに伝えたいことがあったそうなのだけど……この状態ではまともに話せないわね」

うーん、うーんとうなっている父は、口を開いた瞬間出てはいけないものが出てしまいそうだ。今はとてもではないが喋（しゃべ）れる状態ではない。

「でもその話はできればミハエル君にも聞いていただきたいそうだから、後日時間をとれるかしら？」

父が話したいことって何だろう。しかもミハエルにも？

父親としての心構えとか？　あまりピンとこないが、ミハエルも拒否することはないだろうと思い、私は了承した。

「ただいまイーシャ！　会いたかったよ！」

「おかえりなさいませ」

玄関まで出迎えると、ミハエルはぎゅっと私を抱きしめた。しばらく抱擁を堪能したのち、私のお腹に手をやる。

「クローシカもただいま。お母様といい子にして待っていたかい？」

まだ蹴ったりすることもないけれど、ミハエルは必ず声をかける。子煩悩な父親になりそうだなと思う。いや、すでに子煩悩かも。……まだ生まれてもないのに、この子は嫁にはやらんと言い出すミハエルを幻視してしまった。

でも女の子が生まれたら本気で言い出しかねない気がする。

「今日はどんなことをしていたんだい？　俺はいつも通り水の神形の討伐だよ」

「今年は長引きますね」

「長引くというより、始まりが遅かったからね」

例年ならば、そろそろ水の神形の討伐は終わってもいいはずなのに、まだまだ沢山出るらしい。気候もひと月ぐらいずれているようで、夏らしさがなく日中も肌寒い。朝や夜は防寒具がまだ手放せないぐらいだ。

やはり冬の終わりが遅かったことが原因だろう。

これが農作物にどう影響するか心配だ。

「そういえば今日は私の両親がこちらの屋敷を訪ねてきました。丁度ミーシャが出かけたのと入れ違いになるぐらいの時間帯に」

「ああ。無事に王都に到着されたんだね。よかったよ」

馬車酔いで父が倒れていたのを無事と言っていいかは分からないけれど、何とか持ちこたえて王都までこられたのだから、無事と言っていいだろう。

「はい。事故などもなかったようです。そこでお願いされたのですが、何かミーシャにも同席して聞いてもらいたい話があるそうなので時間をいただきたいそうなのです。両親は王太子の結婚式が終わるまでは王都に滞在するそうなのですが」

「もちろん大丈夫だよ。俺も義両親に、イーシャとクローシカを守ると、義父上と義母上に誓いを立てないといけないからね」

「えっ。いや……それは」

わざわざそんなことを言わなくてもと思ったけれど、ミハエルは首を振った。

「大事なことだよ。俺は彼らの大切な娘をもらったんだ。だから安心してもらえるように誠意を見せたい」

「あの、その。ありがとう、ございます」

「当然だよ。俺がこの世で何よりも大切なのがイーシャなんだから」

ちゅっと額に口づけを落とされて、私の顔は多分真っ赤だ。そんな状態で食事の席に向かえば、ディアーナとアセルから生暖かい視線をもらった。

「お兄様……」

「ほどほどにね」

ううううう。絶対何かあったと気が付かれている。

席に着けば、食事が運ばれてきたので、私は誤魔化すように食べ始めた。

「そういえばイーシャはご両親とどんな話をしたんだい？」

「まず妊娠を祝ってくれまして、そしてあまり無理をしないようにと言われました。どうやら、私の弟の時の出産が大変だったようで。後は、食べ物のことも聞きました。ミハエルはどんどん私に食べさせようとしますが、やはり食べすぎもよくないそうです。そして食べ物はできるだけバランスよく食べる方がいいと言われました。食べられないなら食べられるものでいいそうですが」

食べられる、食べられないは人によって違うから、そこまで気にしすぎることもないそうだ。子供のためだと神経質になりがちだし、周りも口を出してくるが、過ごしやすいのが一番だというのが母の持論だ。

「えっ。クローシカの分も食べた方がいいんじゃない？」

「クローシカはまだ小さいんです。もちろんいつもよりは必要ですが、食べすぎる必要はないんですよ」

クローシカが必要とする分以上に食べれば、それはただの私の贅肉となる。妊婦は太りすぎたらすぎたで産むのが大変になるそうだ。

「後は、暇なのが辛いなら、子供のための靴下や帽子を編んではどうかと言われ、少し教えてもらいました。生まれるのが秋なので、すぐ冬になってしまいますから」

公爵家ならば買えばいいのかもしれないが、折角なので少しぐらい手作りもしたい。というか筋トレがなくなり、お茶会も禁止され、手持ち無沙汰になっている部分もあるので、気晴らしに丁度いい。ただしこれも根を詰めすぎないように母には言われたけれど。

母は私が何事も極めようとしがちな性格をよく知っている。

「いいんじゃないかな？　というか、お父様は、クローシカに嫉妬してしまいそうだ。イーシャの手作りをもらえるなんて」

「えっと。素人作品ですが、ミーシャもいりますか？」

「欲しい！　あっ、でも。無理はしないで。クローシカを優先でいいよ。それで時間が余れば、何か作ってくれる？」

「でき栄えをあまり期待しないでいただけたら頑張ります」

体調がこの先も安定しているのかよく分からないので安請け合いはできないけれど、時間が余ったならミハエルのものを作っても、クローシカは許してくれるだろう。

ただ素人作品だとミハエルの持っている最高級のものから浮いてしまい、結局使えないことになりそうだけれど。

「ミーシャ、あまり妊婦に負担をかけるのはよくないと思いますわよ？」

「時間が余ればって言っているだろう？　それぐらいは分かっているよ」

　しっかり者のディアーナが苦言を呈すれば、ミハエルは唇を尖らせた。

「そうだ。あの、ミーシャのものも作るように頑張るのですが、そのお礼というか……あの、折角なので子供が生まれるまでの日常の日記とか生まれてからの子供の様子を残す日記を作りたいと思っていまして。何冊か日記帳を買ってもよろしいでしょうか？」

「もちろんいいよ。沢山書き残してよ。ただ、無理はしないでね。イーシャはなんでも極めようとしてしまうから」

「はい。もちろんです」

　何冊か日記帳を購入する了承が得られ、私は内心にんまりと笑った。実は了承を得る前にすでに一冊、あまり華美ではない手帳を手に入れている。こちらは色々な物事を都度忘れないように書きとめるためのものだ。

　表向きの妊娠や子供に関する記録は、今了承を受けたので綺麗に革張りされた日記帳に残すつもりだ。

　でも前にミハエルが私のことをオリガに記録してもらっている時に思いついてしまった。ミハエル様を残すのは何も絵にこだわる必要はないのだと。だから私はミハエル様伝記を作ろうと思う。そのための下準備としての手帳だ。

ミハエル様のすばらしさを書き残せば、何時でも何度でもその時のミハエル様を感じられる。それに現在のことだけでなく、使用人や姉妹、義両親にミハエルの昔話を聞いて伝文を書き残すのもいい。もしかしたら後世で誰かがこの裏日記を読み、ミハエル様のすばらしさに気が付いてくれるかもしれない。なんとすばらしい布教活動。

ミハエル教よ永遠なれ。

「イーシャ？」

妄想しているとミハエルに呼びかけられ、私は慌てて会話に戻る。あぶない、あぶない。ミハエル様伝記は見つかれば禁書となり、焚書されるかもしれない。気を付けなければ。

「はい、何でしょう。父と母が帰った後は、のんびりとしていました。ディーナとアセーリャにお茶会をすべて任せてしまっているのが心苦しいですが」

「大丈夫だよ。二人はお茶会が好きだから」

「その通りですけど、ミーシャが勝手に代弁するのは少々腹立たしいわね。お茶会は、女の戦場でもあるのよ？　女性同士で様々な情報のやり取りをしているのだから」

お茶会はただ優雅にお茶を飲んでいるだけではなく、女の社交。ディアーナの言う通り、ただぼーっと食べたり飲んだりしているだけではないのだ。

「そうそう。今回もちゃんと色々な噂、聞いてきたよ。今回凄い噂になっていたのは、王太子殿下の婚約者の話。異国の王族だからか常識知らずで、とてもワガママ。そして王太子とも不仲で王太子殿下が可哀想っていう感じだったよね」

王太子殿下の婚約者ということは、エミリアのことよね？

妙に悪意ある噂に、私の眉間にしわが寄った。今年の冬の間は社交がまともにできなかったのだから、雪が止んでから広まったということだ。

確かに常識がこちらと合わないこともあるし、ワガママではないとは言わない。でも王宮であった話は外部に漏れ出てはいけないものだから、武官とのやり取りなどがお茶会の席で大っぴらに噂されるはずはない。しかも王太子と不仲には見えなかったし、そもそも不敬な話だ。

結婚を目の前にして、それが茶会の席で大きくにぎわうのは、よろしくない。

「なぜそんな悪評が……。お茶会で何かあったのでしょうか？」

エミリアもずっと王宮にこもっているわけにはいかないので、お茶会を開いたりしていると思う。ただ王太子の母親はすでにご逝去されており、現王妃は継母だ。その関係でお茶会で力を借りられなかった可能性はある。でも盛り上がるぐらいに悪評が立っているのがおかしな話だ。

「私達は聞くだけで話には乗らないようにはしたわ。これは王太子の婚約者批判の皮をかぶった、国王批判だもの。婚約を決めたのは当人達ではなく国王様ですから」

「うん。そうしてくれれば助かる。後は今後聞いたら、さりげなくでいいから、噂が消えるように誘導して欲しい。王女様の性格が悪いかどうかはこの際置いておいて、今回の結婚は政治的な意味合いが強くて、破談しては困るものだ。結婚式も終わっていないのに悪評が立つのは好ましくない」

政略結婚に本人達の気持ちは関係ない。

普通ならばまだ結婚もしてないこの段階は、ひとまず静観するものではないだろうか？　それこそ、この婚約を壊したいのでなければ。

「分かったわ」

「任せておいて」

姉妹の連携があれば、彼女達が参加するお茶会ならば、上手く誘導できると思うので安心だ。でもどうしてこんな噂が立つのだろう。お茶会をあまり経験していないので、こういう悪い噂で盛り上がるのが普通なのかどうかも分からない。

自分も知らない間に変な噂を立てられて、ミハエルの足を引っ張っていないだろうか。やはり貴族の社交は少し怖い。

そんな憂鬱な話があったが、次の日いつも通りミハエルをなだめて送り出した後、私は少し庭を散歩することにした。気分が鬱々とする時は体を動かすに限る。

「んー、いい天気。絶好の洗濯日和ね」

「はい。綺麗に晴れていて、気持ちがいいですね」

いまだ服は長袖のままだけれど、今日はコートなしでも問題ない陽気だ。やっと長い冬が終わるようで気分がいい。

私は次期公爵夫人になってしまったので洗濯をすることはないけれど、でも綺麗な青空を見ると、長年の癖でなんとなくシーツを干したい気分になる。大きく白いシーツが青空の下で綺麗に並ぶのはすがすがしい。

オリガに話しかければ、彼女も笑顔で同意した。本来なら使用人ではなく、ディアーナやアセルと散歩するべきなのだろうけれど、今日も彼女達はお茶会だ。昨日も行ったのに、また今日もとは……。これ、出産を終えたら私も頑張らないとなのよね？

姉妹達は、しばらくすればお茶会は減ると言っていたので、それを信じたい。でも逆に数をこなした方が、情報も多く手に入れられるし、なによりも慣れるだろうか。

「折角いい天気なのですし、少し気晴らしに買い物でも行かれてはどうでしょうか？　庭を散歩できるとはいえ、ずっと屋敷の中では気が滅入りませんか？」

「買い物かぁ。でも欲しいものが思い浮かばないのよね……」

買い物と言われても基本的に公爵家には何でもそろっている。あえて言うならば、子供用品だけれど、これはきっとミハエルもいっしょに注文をしたいだろうから、勝手に先走らない方がいい気がするし……。

「ドレスなどいかがでしょう？」

「えっ。ドレスって私のものよね？　すでに沢山あるじゃない？　もうこれ以上は必要ないわ」

姉妹はよく流行りのドレスを買おうと言う。次期公爵夫人が流行りから外れるわけにはいかないので必要経費な部分があるのも分かっている。でも出産中は基本出歩かないし、頑張って流行りを追う必要もないと思うのだ。

「沢山あるのですが、妊娠するとどうしても体型が変わりますので、できるだけゆったりと着られるものがあってもいいと思います」

「ああ。確かにそうね」

流行りの異国から入ってきたドレスはウエストを締めつけるもので、妊婦には向かない。かといって農民が着る昔ながらの服は、王都では着られない。

となれば新しく、次期公爵夫人が着ていても問題ない妊婦用の服を仕立てなければいけない。

「本来ならば、商人を屋敷に呼ぶのが通例です。でも少し出歩いた方が気分転換になるかと思うのですけれど、どうでしょう？」

「ええ。行ってもいいのならば行きたいわ」

折角いい天気なのだ。何もせず、家でじっとしているにはもったいなく思える。むしろ本当にシーツを自分で干したいぐらいだ。でもそれは流石に怒られるのが分かっているので我慢する。

本当は町中も歩きたかったけれど、次期公爵夫人が徒歩で向かうのもよくないので、馬車に乗って移動した。

何処に行くのだろうと思っていたが、到着した場所には【ラドゥーガ】と書かれた看板があり、私は馬車から降りて目を丸くした。

「えっ。ここは、王都で今一番人気の仕立て屋ではないの？」

「はい。そうです」

いや、はいそうですではなくて。

事前予約なく、天気がいいからとフラッとよれるような場所ではない。しかも今は——。

「王太子の結婚式で着る服の注文が殺到しているのではないの？　それなのに突然押しかけるのは……。公爵家ならば許される暴挙なのかもしれないけれど、いらない恨みは買わない方がいいと思うわ」

王太子妃となられるエミリアのドレスは、伝統にのっとり王家御用達の店で作られるはずなのでここで作られてはいない。でもそこに参列するご令嬢達がこぞってドレスを新調するのだから、きっと今は繁忙期だと思うのだ。

公爵家が訪れれば、表面的にはにこやかに出迎えてもらえるだろう。しかし私の注文によりはじき出された人が生まれれば、それはバーリン公爵家の悪評に変化する可能性がある。

「大丈夫です。普段使いな服は別部門を作られていますし、バーリン領にまだ滞在していた頃に奥様の体調がよろしい日に伺いたいことは伝えてありますので。妊娠すると体調に波があることは皆知っておりますので、ご安心下さい。それにドレスの注文自体はもう終わっているはずなので、店内は混んではいないはずです」

流石はオリガ。私の心配など、軽く乗り越えていた。

確かにオリガの言う通り、ドレスを作るには時間がかかるものなので、これから注文するなんて人はいないだろう。だとすれば、忙しいのは仕立てをしている裏方で、接客はまだ大丈夫そうだ。

店の扉をくぐれば、出てきたのは品のよさそうな男性だった。オリガが私の身分や以前連絡を入れていることなどを店員に話す。

「初めてお目にかかります、バーリン次期公爵夫人。この度はおめでとうございます。お体にさわりがあるといけませんので、奥のお席にご案内します。お飲み物で飲めないものなどございますか?」

「あっと……お茶などは止(や)めています」

「さようでしたか。ではレモン水をお持ちしますね」

少し口ごもってしまったが、特に指摘されることもなく、さっと注文を聞き終えて水を取りに向かわれた。

「あら、イリーナ様?」

奥の商談席へと移動しようとした時、別のテーブルから私の名が呼ばれた。

そちらを見れば、ダークブラウンの髪を結い上げた、泣き黒子(ぼくろ)が印象的な女性と目が合う。

「えっ。ヴィクトリア様？」

そこには、つい最近偶然バーリン領で再会を果たしたばかりのヴィクトリアがいた。王都は決して狭くはない。だから凄い偶然だ。

ヴィクトリアは嬉しそうに緑の目を細めた。

「奇遇ですわね。今日はドレスの注文にきたのかしら？」

「はい。実は子供を授かりまして、妊婦用のゆったりとしたドレスを注文しにきたんです」

「それはおめでとう」

「ありがとうございます」

にこりと笑って私はお祝いの言葉を受け取る。

「ヴィクトリア様も服のお仕立てですか？」

「ええ。お茶会でここのお店のドレスが今一番流行っていると聞きましたの。折角だから注文をしておいて、お父様に国へ送ってもらおうと思いまして。自分へのお土産(みやげ)が何もないのもつまらないですし」

「そうですね」

ヴィクトリアはバーリン領で会った時のような冬服ではなく、今日は春らしい花柄のドレスを着ていた。この国でも浮かない型なので、滞在のために新調したのだろうけれど、さらに作るんだ……。

確かコーネフ侯爵領は鉱山を所有していて、武官への武器の供給なども担当しているから、かなり裕福だったと聞いた気がする。あまり女性のお茶会には出てこなさそうな話題なのでうろ覚えだが、各地の特産物を習った時に教えてもらった。

お金はあるとはいえ、流石侯爵家。お土産に同意はしたものの、貧乏伯爵家出身の私にはなかなか慣れない金銭感覚である。

「それにしても王都でもお会いできて嬉しいですわ。もしも服の注文した後も体調がよろしければ一緒にお茶をしませんか？　子供や夫へのお土産は買い終わってしまい、手持ち無沙汰ですの」

「よろしいのですか？　今来たばかりなので、まだ注文にお時間がかかってしまうと思いますが……」

「大丈夫よ。この国の今流行っているドレスのデザイン帳を見せてもらうのは楽しいですもの。国が違うとやはりドレスの流行りが変わるのよねぇ」

彼女の手の中には何枚もの紙があり、それぞれに今までラドゥーガで作ったドレスのデザインが描かれているようだ。

ふふふふっと笑うヴィクトリアは本当に楽しそうなので問題ないのかもしれない。

そう言えば彼女は昔からお洒落(しゃれ)だった。お洒落と言えば、エミリア王女もそうだったなとふと思い出す。

この二人なら、身分などから見ても仲良くなれたかもしれないのに、ヴィクトリアは異国に嫁いでしまっていて、この里帰りは一時的なものだ。世の中、上手くいかないものである。

「では、あの。どうしても待つのが難しくなりましたら、このお誘いはなかったことにしても大丈夫ですので」

「ええ。ありがとう」

こう言っておけば、もしも何らかの予定が入ったり、デザイン帳を読むことに飽きたりした時は、一言言って退席して下さるだろう。

受付の方と交代で、金髪の男性がテーブルにやってきた。きっちりと整髪剤でオールバックに髪を固めた彼が、どうやらデザイナーらしい。

「初めまして、次期バーリン公爵夫人。妊娠おめでとうございます。さっそくですが、どのような服をお求めでしょう？」

「どのような、ですか？」

「はい。奥様の好みを教えていただけると幸いです。例えば――」

どのような服がいいか聞かれても、正直ちんぷんかんぷんだ。

いや、単語は分かる。でも好みの色味は？　とかフリルは？　とかリボンは？　と色々話されると、今まで差し出されたものを着ていた私には荷が重い。こだわりがなさすぎて、最終的に凄いセンスがないものができ上がってしまいそうだ。

例えば、アセルに似合う服やディアーナに似合う服なら、今の流行りなどからなんとなく決められるのが、そのお題が自分となると一気に分からなくなってしまう。私に似合うってなんだろう。

「で、できれば、以前仕立てた妊婦服を見せていただければ嬉しいのですけれど……」

次々出される質問に、しどろもどろになりながら答えたが最終的に根を上げた。考えすぎて、頭が爆発しそうだ。

「そうですね。失礼いたしました。自身の体型が変わった後の服となると、ご経験がないと思い浮かびませんものね」

いや、ただ単に、自分の服に関して興味が薄いだけです。ごめんなさい。

昔はもう少しお洒落にも興味があったと思う。元々出稼ぎを始めたのも、イザベラ様に買っていただいた新しい服が嬉しくて、自分で買いたいと思ったからだ。そのはずなのに気が付けばお洒落より、ミハエル様に役立つ技術を得る方に夢中になり……。やめよう。実はスカートより、ズボンの方が動きやすくて好きだなんて思っていることを言うわけにはいかない。ミハエル様の服のおさがりを買うことはできないかと考えたことがある過去は、永遠に封印しておかなければ。

　結局見せていただいた過去のデザインからこれっぽいものというかたちで選び、ただ肌が若干敏感になっているので、肌触りがいいものをお願いする。何とか終わったと一息つけば、ヴィクトリアはまだデザイン帳を楽しそうに見ていた。

「ヴィクトリア様、終わりました」

「そう。素敵なものを注文できたかしら？」

「はい。えっと、前に作られたことがあるデザインから選んだだけですけど……」

　自信を持って、私が考えましたとは、口が裂けても言えない状態だ。折角生地から選ぶことも可能なのに、あまりに情けない結果である。

「いいのではない？　社交用のドレスは流行を追うべきかもしれないけれど、妊婦服は着心地がいいものを選ぶべきよ。そうすると昔から何度も作られてきた形が一番あっていたりするものよ。着てみてもっとこうしたいが出たら、次に生かせばいいのだし」

　すでに出産経験のあるヴィクトリアにそう言っていただけてほっとする。私には自分の服のデザインは荷が重い。

「折角ですし、討伐が見られる喫茶店に行きましょうか」

「はい」

　討伐の開始がずれたので、暦では夏なのに、いまだ水の神形の討伐が行われていた。気候を含め全体的にいろんなものがひと月ぐらいずれている気がする。とはいえ折角の討伐に、町はお祭り騒ぎだ。

討伐の様子が見られる喫茶店は混雑しているだろうし入れるだろうかと思ったが、そこは公爵家と侯爵家の力が合わされればどんな無理もまかり通る。ようはお金次第ということだ。

といっても無理やり他(ほか)の客を追い出したわけではなく、元々貴賓席として席料が高めに設定されている場所を利用したということだけど。

「イリーナ様は、ミハエル様が討伐している姿を見たことはあるのかしら?」

「はい。この間も、土の神形の討伐に参加したのですけれど、とても勇敢に指示を出しておりまして、まさに神のような――」

「ん?　ちょっと待って下さる?　土の神形の討伐に参加?」

「はっ」

ヴィクトリアが明るいエメラルドグリーンの瞳を半眼にしたため、私は失敗したと自分の口を慌てて押さえた。

私が幼い時に護衛兼側仕(そばづか)えとして彼女の家で働いたことがあったのでヴィクトリアは私が戦えるということは知っている。そのため、つい気が緩んで口を滑らせてしまった。そろりとヴィクトリアを見て、へらっと誤魔化すように笑ってみる。しかし誤魔化されてはくれないようで、眉間にしわが寄っている。

「直近で土の神形となると、もしかしてこの間の地震の関係かしら?」

「あっ、ヴィクトリア様は大丈夫でしたか？　とても揺れましたよね？　私、あんなに揺れるなんて知らなくてとてもびっくりしました」

「ええ、ありがとう。丁度王都に向けて出発している時だったからびっくりはしたけれど大丈夫だったわ。それでね、話を戻すけれど、まさかその討伐に参加したの？　妊娠しているのに？」

なんとか話題をそらそうとしたけれど、そらしきれなかった。ヴィクトリアに強制的に話を戻され、私は眉(まゆ)を下げた。

「えっと……その時はまだ妊娠していることを知らなくて……はい。参加しました。重いハンマーを振り回して、土の神形を退治しました。ごめんなさい」

「いや。私に謝らなくてもいいのよ？　ただイリーナ様も大きな怪我(けが)なく、お腹の子も無事で本当によかったわ。イリーナ様が強いのは知っていますけど、あまり無茶はしないで下さいね」

妊婦が持つべきではないハンマーを振り回したことは白状してしまったけれど、足を怪我したことは黙っておこう。

もう治ってしまったのだからないのと同じだ。私はニコリと笑った。

「ご心配して下さりありがとうございます」

「土の神形の討伐に参加なさったということは、もしかしてイリーナ様は水の神形も討伐したことがあるのではないの？　……そう言えば、臨時討伐武官の募集には性別による選別がなく、女性でもなることができると聞いたことがあるわ」

何も言っていないのに当てられてしまい、私はへらっと笑った。

ヴィクトリア様……鋭すぎます。

「ご想像にお任せします」

「まあ、大っぴらに話せることではないですものね。でも、未成年で護衛業務までしたイリーナ様ならできて当然な気もしますわ」

「ほほほほ。そちらもできればご内密に……」

完全に見抜かれている。何も言わなくてもやっていたことにされて、私は顔を引きつらせた。他にも色々言うべきではないネタは沢山ある。

これ以上余計なことを言うのは止めておこう。

「大丈夫よ。私はイリーナ様が不利になるようなことだけは、決して誰にも言いませんわ」

「ヴィクトリア様？」

どこか雰囲気が変わった気がして、私は首を傾げた。

「私は昔、連れ去られそうになった時に、イリーナ様に助けていただいたことを本当に感謝しておりますの」

「えっと。……そこまで思っていただけて光栄です」

「ですから、イリーナ様だけは裏切りませんわ。絶対に」

彼女を助けられたのはたまたま偶然でしかないけれど、そう言っていただけるのはとても嬉しい。

「……今日はミハエル様の討伐姿が見られるといいですわね」

「それは本当に！」

力拳を作り気合を見せれば、ヴィクトリアは苦笑いした。

「私からミハエル様の話を振っておいてなんですけれど、家でも彼の姿を見ているのではないの？　それとも帰りが遅くてすれ違っているの？」

「いいえ。毎日朝晩顔を合わせています。でも武官で働くミハエル様は別腹です」

家でのくつろぎミハエルと、対私の甘えっ子ミハエルと討伐時のりりしいミハエルは別物だ。たとえ素材は同じでも、何度でも美味しくいただける。

私が力強く言うと、ヴィクトリアはくすくすと笑った。

そんな時不意に誰かから視線をもらった気がして、私はなんとなく振り返った。振り返った先には、大きなひさしのある帽子をかぶった美しい女性がいた。なんだ。エミリアか。

もう一度ヴィクトリアの方を見てから、私は慌てて二度見した。

えっ？　エミリア様？

「あら、イリーナじゃないの」

「ご、ごきげんよう」

さっきエミリアのことを思い浮かべてはいたけれど、まさかこんな場所で偶然会うなんて。

エミリアは私と目が合ったため、にこにことしながらこちらに近づいてくる。今日の彼女の服装は一年ほど前に、お忍びで王都内を回った時のようないいところのお嬢様チックな服だった。手には可愛らしい日傘を持っており、小物まで完璧だ。ただし金に輝く鮮やかな髪は結われ、帽子であまり見えなくされていた。

異国の王女様にも王太子妃にも見えない服装だけれど、たたずまいが美しく、お洒落さも群を抜いているため、妙に目立つ美女となっている。

「今日はお友達と一緒なのね？」

「はい。昔からの知り合いで、異国からこちらに里帰りしてこられたので、一緒にお茶をしていました」

明らかにお忍びの姿だけれど、一体どういう状況なのだろう。

私はエミリアの現在のテーマをどう聞き出そうか考える。間違いなくお忍び中なので、王女扱いは駄目だろう。

「今日は観光ですか？」

少し悩んでから、普通のご令嬢でも理由になりそうなものを挙げてみた。身分を隠す気ならば何か反応してくれるだろう。

「違うわ。今日は、家出をしてきたの」

いえで……家出?!

同意が得られる、もしくは別の無難な回答がもらえると思ったのに、彼女から飛び出てきたとんでもない言葉を前に、私は固まる。そんな私にエミリアはニコリと笑いかけた。

愛しのイーシャと、彼女との宝物であるクローシカと引き離された俺は、悲しみのふちにいた。そこから立ち上がるため、胸ポケットに入っている金属製のイリーナ人形を取り出しぎゅっと手で握る。

「イーシャ。どうか俺を見守っていて」

「えっ。その人形って……」

「流石にそれは引くんですけど」

水の神形退治の前に、瞑想して気合を入れていると、副隊長とイーゴリが引いた声を上げた。人が精神統一している時に、引くとか失礼な奴だな。

「なんだよ。これが気になるのか? この人形は春の精霊の像だ」

「いや。奥様ですよね?」

「うん。イーシャにとてもよく似ているね。でもバーリン領ではこれを春の精霊と呼ぶんだよ」

異論は認めないと俺は笑顔で押し通す。

イリーナの姿をしたこの金属製の人形は、昔描いてもらった絵を参考に作ってもらった。そのため春の精霊の像という名がついている。

元々遠征などで俺が持ち歩いていた布製のイリーナ人形は、汚れても洗いにくいし壊れやすい。また水の神形を討伐する時にぬれると乾きにくい上に場所もとる。そのため胸ポケットに入るサイズで、できるだけ壊れにくく、手入れもしやすくと考え、行き着いた先が金属製だった。

少々お金はかかったが、でき上がったものは細かい作りなのに壊れにくく、汚れてもすぐに布で拭けて、討伐中に持ち歩く分には納得のできだ。

「でも奥様の形ですよね？」

副隊長は再度イリーナじゃないか疑惑をぶつけてきた。……イーシャの父親と知り合いのようだし見て見ぬふりはできないようだ。

「だってイリーナ人形（小）って言ったら、イーシャが嫌がるだろう？　だから名前はぼやかすことにしたんだ」

「嫌がると分かっているならやめてあげて下さいよ。妊婦のストレス増やしてどうするんですか？　その人形でもしものことがあったら笑い話にもなりませんよ？」

　イーシャに何かあったらすぐに家に向かうため、自分の部隊の者にだけイーシャが妊娠していることは伝えてあった。そのせいで、俺を止めるために、すぐにイーシャの妊娠を理由に挙げることが増えた気がする。

「言わなければいいだろう？　そしてお前らがイーシャと会うことはない。つまりイーシャが知ることはあり得ない」

「会うことはないって、家に呼んで下さいよ。子供が生まれて体調が落ち着いてからでいいですから」

「呼ぶ必要性を感じないな。イーシャが気を使うだろう？　イーシャは繊細なんだよ」

「えっ？　繊細？」

「何か文句あるかい？」

　思わずと言った様子でイーゴリが繊細という言葉を繰り返したので、俺はギロッと睨んだ。それだけでイーゴリはひっと小さく悲鳴を上げ、顔を引きつらせた。

　余計なことを言わなければ睨まれないのに。

「俺は文句ありません。奥様のためとか言っていますけど、ただ独り占めしたいだけじゃないですか」

　それはそう。

だってイーシャとの貴重な時間が減るじゃないか。

「夫が独り占めして何が悪いんだ。じゃあ、これから王子に謁見を申し込んであるから、ちょっと行ってくる」

「あー、開き直り……はいはい。行ってらっしゃい。討伐大変なんですから、早く帰ってきて下さいね」

前々から王子に謁見を申し込んでいたが、許可がとれたので、討伐前に行くことになっていた。本当は自分から王子に近づくのはあまり嬉しくはないけれど、父から今後のことを伝えられたので、筋は通さないといけない。

王子の執務室に向かえば、すでに人払いはされていた。扉の前に白のジャケットを着た近衛武官はいたけれど、室内に居た使用人も俺が入ると同時に外に出ていき二人きりにされる。

武官としてではなく、バーリン公爵家の次期公爵としてこの場にいるためだ。

「ミハエルから人払いした上での謁見の申し出が出るなんて珍しいね？　幼馴染なのだし、もっと気軽に会いに来ていいのに」

「公私は分けるべきでしょうが」

確かに幼馴染という関係で、私的に会えなくはないけれど、今回のことは仕事の話だ。

俺はため息を飲み込み、にこやかな笑みを浮かべる王子を見た。

「先日バーリン公爵から呼び出しを受け、正式に俺がバーリン公爵を受け継ぐことが決まりました。つきましては、公爵の仕事を覚えるために、一年ほどかけて武官の引き継ぎを行い、退役する予定です」

「そう……」

王子は少しだけ眉を動かした。

あまり表情は動いていない。いつもと同じと言われれば同じように思う。でもなんだか出会ったばかりの頃、小さな彼が大人達に囲まれて心細そうな顔をしていた時の顔が脳裏にちらついた。

「これまで武官として力を貸してくれてありがとう」

「いえ」

「ただこの国の現状は、王政に対する反発で内側から崩れそうで、さらに他国に虎視眈々と狙われている状況だ。俺は現状維持できるように力を尽くすから、どうか公爵としてこれからも助けてもらえないだろうか？」

「それはもちろんです」

王家が崩れれば、この国は他国から侵略され、好き勝手に蹂躙されるだろう。その上で他国にとって都合のいい王として、バーリン公爵家を次の王とみなされることになれば最悪だ。

俺が頷けば、王子は少しだけほっとした顔をした。

「じゃあ報告はそれだけだから、そろそろ水の神形退治に戻ります。そして、早く仕事を終わらせてイーシャに会いにいかないと」

「彼女とは毎日会っているだろう？　それより俺の話をもっと聞いてくれてもいいんじゃないかい？」

「俺はイーシャと片時も離れたくないんですよ」

「それは奥さんに嫌がられないか？　彼女だってたまには一人になりたいこともあるだろ」

呆れたように王太子に言われ、俺はむくれた。イーシャは俺を拒むことなんてないし、ずっと一緒なら嬉しいはずだ。

ふと姉妹が脳内で、「やりすぎ!!」と大声で注意する顔がぽんと浮かんだ。……あれ？　世間一般的に新婚ならこんな感じじゃないのか？

「いやでも、今は大事な時期なんだし」

きっとセーフ……なはず。そして新婚でなくなっても、子供が生まれてもこの先ずっと一緒にいたい。

「大事な時期？」

「……実は子供を授かりました」

「おお!!　それはおめでとう。男か？　女か？」

「お腹の中にまだいるのだから分かるはずないじゃないですか」

世継ぎのために男がいいとかよく言われるけれど、俺としては健康ならばどちらでもいいと思う。イーシャとクローシカが元気なのが一番だ。

「何かお祝いの品を贈ろうか？」

「生まれてからならどうぞ。秋ぐらいに出産予定ですから。でもそういうわけで、俺はイーシャのためにもできる限り一緒にいたいんですよ」

「いや、ちゃんと本人の希望を聞いた方がよくないか？　ストレスはよくないと聞くぞ？」

「俺がストレスみたいなことを言わないで下さい」

なんてことを言うんだ。……いや、大丈夫だよな？

若干不安になったので、後でイーシャにさりげなく確認してみよう。でも後となると、仕事が終わってからか。ああ、早く仕事が終わればいいのに。

そんな話をしていると、コンコンと扉がノックされた。人払いされている中で伝えられるということは、何か緊急の問題が起きたのだろう。

「失礼します。王太子殿下に、火急でお伝えすべきことがありまいりました」

「火急？　ああ。ミハエルのことは気にしなくていい。そのまま話してくれ」

いや、気にしろよ。

もちろん秘密は厳守する。でも俺は今の今、あと一年で辞めると話したんだけど。

相変わらず、身内扱いする王子に、俺は小さくため息をついた。

「では失礼します。実は、エミリア王女なのですが……家出をなされました」

「は？」

「えっ？」

　家出？

　とんでもない言葉に、俺はギョッと報告してきた男を見た。

「えっ。いや。え？　もう一度言ってくれないか？　聞き間違いを起こしたようだ」

「家出です」

　取り乱しまくる王子に、無情にも文官はとんでもない単語を再度伝えた。王子はそれを聞いた瞬間、頭を押さえてうなだれた。

「……どうして家出だと？　連れ去りとかの可能性はないのか？」

　たとえ一人で部屋から出ていったとしても、脅されて出た可能性だってある。

「そう、書き置きがありました。現在、王女に付けた護衛の武官が遠くから足取りを追い続けています。今のところ脅されたりした形跡は見つかっておりません」

「失礼します。王女の件でご報告が……」

　再び今度は武官が入ってきた。扉の前を守っている近衛兵と同じ白色のジャケットを着ているが、彼とは別の者だ。文官の姿と俺の姿を見てどうするべきか悩んだのか、口ごもる。

「いい。そのまま話せ」

「はい。ご報告します。現在エミリア王女は、バーリン次期公爵夫人と、現在異国に嫁いでいるコーネフ侯爵家の娘と共に逃避行を始めました。お止めすることもできますが、騒ぎになる可能性があります。いかがしましょうか？」

「なんて？」

今度は俺が聞き返してしまう番だった。今、明らかにおかしな単語が交ざった気がする。王女の家出だけではなくて俺の家名まで情報に加わったのだ。おかしいよな？　きっと聞き間違いだよな。

「バーリン次期公爵夫人であらせられるイリーナ様とコーネフ侯爵家の娘である、ヴィクトリア様と共に移動しております」

「嘘だろ……」

聞き間違いではなかった。

何でそんなことになっているんだ？　イーシャは妊婦なのに。というか今家出中なら、まさかとは思うけれどあの王女はイーシャもいっしょに家出させてしまうのでは？

いやいやいや。それは駄目だろ。

俺と王子はとんでもない状況に、お互い頭を抱えたのだった。

二章：出稼ぎ令嬢と家出

家出。

王女様が家出。しかも、もうすぐ結婚式が控えている中での家出。えっ。これはまずいのでは？

だらだらだらと冷や汗が流れ落ちるが、エミリアは平然とした様子だった。本当にその口から家出という重い言葉が飛び出してきたとは思えない。

もしかしたら聞き間違い……いや、異国出身なのだから、言い間違いの可能性もあるかもしれない。

「家出……ですか。えぇっとそれは、どちらかにお出かけになるという意味とか……」

「家出は、家出ですわ。あら？　もしかして使い方が間違っているかしら？　簡単に言えば、将来夫になる男の顔を見たくないから、家から出てきましたの」

家出だ。

まごうことなき家出だ。

堂々と言われた言葉に、私はぎょっとする。しかも将来夫になる男……つまり王太子の顔を見たくないと。

頭を抱えどうしたらいいのぉぉぉと心の中で叫ぶと、くすくすと私の目の前に座っているヴィクトリアが笑った。

「分かりますわ。常にこちらが気を使っているのに、まったく理解してくれない相手の顔なんてもう見たくないということもありますわね。よければご一緒にお茶をしませんか？　旦那関係のことを愚痴るもよし、もう考えたくもないならいっそのこと今だけでも忘れて楽しいことを考えるのもいいと思いますわ。時間を置けば、怒りも少し穏やかになるものですから」

さ、流石、結婚の先輩だ。

王太子の婚約者の家出という状況に動揺している私とは違い、泰然と構えている。……いや、待って。ヴィクトリアは嫁いで以来異国に住まわれているし、まだエミリアも正式なお披露目があったわけではないので、二人は初対面だ。

つまりは、ヴィクトリアがエミリアの立場を知らない可能性も高い。……えっ。もしかして凄くこの国で大問題が発生している状況だと気が付いているの、私だけ？　その事実に気が付き、稲妻に撃たれたような衝撃が走る。

待って。私だけではなく、オリガも分かるわよね？　チラッとオリガを見れば、微笑を浮かべ固まっていた。あ、処理が追い付いていなさそう……。

でもその心情はよく分かる。私もただの使用人だったなら、雲の上の話なので、絶対手を出そうとも思わなかったはずだ。

「ふふふ。ありがとう。私は異国からこの国に嫁ぎに来たもので、まだ気軽にお茶ができるお友達がほとんどおりませんの。私の気持ちを分かって下さる方にお会いできて嬉しいわ」

「異国から嫁ぎにいらしたのね。それは大変ですわね。私も数年前にこの国から異国に嫁いだのですけれど、当初は周りの方に受け入れてもらうのがとても大変でしたわ。喋れば、なまりがあると笑われ、ただの習慣の違いをことさら論い、田舎者扱いされましたもの。義実家から一族の一員とみなされたのも、子供が生まれてからでしたわ」

　エミリアはにこにこと笑いながら私の隣の席に座った。お喋りする気満々である。

　ヴィクトリアは丁寧な口調でエミリアに話しかけているので、たぶん彼女のことをお忍び姿の貴族だとは思っているようだ。でもやはり異国の王女で、後の王太子妃だとは多分気が付いていないと思う。

　こうなったら私が頑張るしかない。

　ミハエルも、王太子とエミリアの結婚はこの国にとってとても大切な政略的結婚だと言っていた。だから私は次期公爵の妻として、この結婚を守らなければいけない。

「そうなのよ。習慣の違い。これがとても大きいわ。なまりはだいぶんと矯正できたと思うけれど、習慣に違いがあるかはその場になってみないと気が付けないのよねぇ」

「分かります。こちらからしたら、貴方達が非常識なんですけど！　と何度言いたくなったか。

それに単語を知らないことを見て、想像力が欠如されている方が、私がもの知らずだと周りに言いふらしますの。別にそちらの国での単語を知らないだけで、それ自体は知っているんですけれどね！」

「そうそう。あえて、分かりにくい言葉を使って下さる、気が利かない方っているわよね。相手に理解してもらおうという話ができない方が、愚かというか、頭のできがよろしくないように見えますのに。分からないのかしら？　ああ、見えるのではなくて、事実だからそのような振る舞いをされるのかもしれませんわ」

ふふふふふっと二人はとても意気投合し、笑い合っているけれど、とても怖い笑みになっている。しかも綺麗な言葉で、毒を振りまいている。

お、恐ろしい。これが女の園の会話。

まあ、この手の周りとの関係に関する愚痴というのは、私も使用人として働いている時、先輩方がよくしていた。きっと結婚あるあるなのだ。ただし二人の場合は丁寧な言葉であるぶん、逆に怒りが凝縮していそうで怖いけれど。

「その点、イリーナは私がこの国の言葉が上手く喋れないと言った時は、片言で私の国の言葉で話してくれたの。一生懸命、伝わるように考えながら。本当に素敵な子よね」

「ああ、それは同意しますわ。私、昔イリーナ様に助けていただいたことがありますの。私より小さな体で、私を守ってくれて。……ところでえっと、貴方はイリーナ様のことを、イリーナと呼びますのね？」

「ええ。私のことも守って下さったことがあって、その時に私のことをエミリアと呼ぶように言ったら、イリーナと呼んで欲しいと言ってくれたの。私のことはエミリアと呼んで下さる？」

エミリア、それは私が男だと思われていて、女装してエミリアの護衛をすることになった時の話ですよね？　確かに、その時はそう呼びましたけど！　今もお忍びの家出だから似たような状況ですけど!!

エミリアの言葉にヴィクトリアが期待した目でこちらを見た。

「分かりましたわ。イリーナ様も私のことをヴィクトリアと呼んで下さいませんか？」

「……はい。私のことはイリーナと呼んで下さい」

これは断れない。

そのため私は敬称なしで呼んで下さいとお願いする。その言葉にヴィクトリアは満足げに笑った。満面の笑みだ。

「イリーナは長年憧(あこが)れていた方に嫁げたのだから、政略結婚的な苦労はないですわよねぇ。あ、もちろん責めているわけではないのよ？　私はイリーナには幸せな結婚をして欲しいと思っていたのですもの。本当は嫁ぎ先へ連れていき、私が幸せにしたいと思いましたが、彼と結婚したということで諦(あきら)めましたの」

「確かに、イリーナは凄く旦那様が好きですわねぇ」

二人からの視線は生暖かい。確かに私は異国に嫁ぐわけでもなければ、まったく見知らぬ人に嫁ぐわけでもなかった。ミハエルとの間にも政略的なものはない。結婚前に想像していた、自分の結婚とはいい意味で大きく異なったものとなったのは確かだ。

とはいえ旦那やその周囲に不満を持つ二人の前で、下手にミハエルを持ち上げて自慢話をするのは、はばかられる。そのためここは相手が【ミハエル様】だからこその、自分自身が感じている苦労を話そうと結婚生活を思い返す。

「私は確かにミハエルと結婚できて夢のようだと思い……いえ、むしろ夢なのでは？　あれ？　ミハエル様との結婚は白昼夢だった？」

神のごとき美貌、神聖な銀の髪に青空色の瞳、長身で体躯もしっかりしていると外見が完璧な上に、次期公爵という肩書があり、運動神経がよく武術も強く、頭もよく、様々なことに精通している。ミハエルという人物は、まさに理想の塊で、現実にいるのが信じられないような人物だ。そんな人との結婚など、全世界の女性が夢見るようなもので、私が結婚したというのはむしろ妄想だったと言われた方が正しい――。

「結婚しておりますので、お気を確かに」

まるで夢のようだなと思ったら、なんだか自分が次期公爵夫人であることが現実に思えなくなってきてしまった。そんな不安を感じ取ったオリガが耳元で結婚していると囁く。

そうね。結婚はしたのよね。なぜか、してしまったのよね……。

思うところがあるわけではないのに、遠い目になってしまうのはなぜだろう。

「えっと。そう。普通なら私とミハエルが結婚するなんてあり得ないのですけれど、結婚したことで、幸せなのですが、やはり生きてきた環境の差を感じることは多々あります。雪しかないような田舎に住んでいた借金持ちの貧乏伯爵令嬢と、この国で王家に次ぐ権力を持ち、幼馴染が王太子である公爵子息ですから。格差がやはり凄いです。私は嫁ぐまで、貴族らしい生活をしたこともなかったので、戸惑う場面は沢山あり、やっていけるだろうかと不安になることもありました」

元々普通のご令嬢とは色々違うという自覚はあったけれど、気を付けてもすでに何度か失敗し、謝ることもあった。もちろん都度、ミハエルは話し合ってくれ、歩み寄ってもくれる。だから私は今も、次期公爵夫人でいられるのだ。ああ、でも、これは自慢っぽいわね。

自分の常識こそが正しいのだからとすべてを譲らせようとせず、ちゃんと私の話を聞いてくれるのがミハエルの凄いところだと思う。普通ならば、郷に入ったのならば、郷に従えで済ませてしまうものだ。

「確かに、イリーナの元々の生活から考えると大きく違いそうですわね」

「そうね。イリーナは、この国でもとても先進的な考え方を持つ女性ですもの」

「せ、せんしんてきとは？」

当てはまる単語が見つからず、私は戸惑う。

えっと、せんしんてき……戦神的？

武力に頼っているということだろうか？

「女が守られるだけではないということよ」

やっぱり武力か。

すみません、ミハエル。私、人から指摘されるぐらい武力に頼って生きています。考えるよりも体が動く方が早いので、多分脳みその中まで筋肉です。

そしてこれからも脳筋のままな気がするので、心の中で謝っておく。

「私はエミリアの気持ちも分かりますし、よろしければ家出にお付き合いしますわ。異国に嫁ぐから婚約者の家でお世話になっているのでしょうけれど、結婚前からとか、少しは離れて愚痴りたくもなりますわよね」

「そうなの。少しだけ……ほんの少しだけ私の時間が欲しいの。この後の結婚生活をやっていけるように」

エミリアは目を伏せた。

今はお茶会でエミリアの悪い噂も立っている。王宮で護衛する武官との仲も微妙だった。きっと何かがあって、どうしても我慢できなくて飛び出してきたのではないだろうか？　もしくは、これまでのことが積もり積もってかもしれない。

私は異国から連れてきた使用人に気を配る彼女が、何もなく無責任なことをするとは思えない。

とはいえ、このまま放置はまずい。ヴィクトリアはすでに異国に嫁いでしまって、国籍が違う。その上エミリアの正体は知らないのだ。このまま二人だけにして、何かが起こり国際問題に発展したらと思うと、黙って見なかったことにはできない。

「あの。私もご一緒させてもらってもいいですか？」

「イリーナも？」

「はい。美しい二人だけを残したら、よろしくない輩に声をかけられるかもしれませんから。私、こう見えても強いので――」

握り拳を作って強さアピールをしようとしたが、途中でポンとオリガに肩を叩かれ、私ははっと現状を思い出した。

あ、はい。そうでした。妊娠中は激しい運動は駄目でした。

「――あ、でも、私、今妊娠中でした。すみません……」

戦うどころか、お荷物だった。

間の悪さに肩を落とす。

「あら。そうだったの？　おめでとう！　いつ頃が出産予定なのかしら？」

私がまったく使い物にならない状況の報告だったのに、エミリアは暗い顔を一転させ、キラキラと目を輝かせた。

「秋頃出産予定です。まだお腹はあまり目立っていないのですけれど……」

私はそっとお腹に手を当てる。見た目ではまだ妊娠していることは分からないだろうが、確かにいるのだ。

「ふふふ。でしたら、イリーナにはあまり無茶はさせられないわね。でも少しだけ一緒にいて、お話しして下さると嬉しいわ」

「はい。よろしくお願いします。よろしければ、バーリン公爵家に身を寄せますか？　安全は保障できますけれど」

王女様がふらふらと歩くのは安全面で色々問題だし、公爵家に行けばディアーナやアセルもいる。エミリアの心を軽くするために何らかの対策もとれるかもしれない。

「それは嫌よ。だって、イリーナの旦那は私の婚約者と知り合いでしょう？」

そうですね。

幼馴染の関係ですね。

確かにミハエルにエミリアの話が行けば、そのまま王太子に連絡され、即刻迎えが来るだろう。エミリアが少しだけでいいから気持ちを整理する時間が欲しいというのならば、すぐに迎えが来てしまう場所は都合が悪い。

「でもイリーナがさっき言ったように、私達だけでふらふらと歩いているのは、少し危険ね。

イリーナに無理をさせるわけにはいきませんし」

「えっ。歩くのは大丈夫だとお医者様に言われています」

ミハエルじゃあるまいし、そんなに過保護にされなくても大丈夫だ。そう思ったのに、ヴィクトリアは首を振った。

「もしも私かエミリア様が襲われたら、イリーナはどうするの？」

「もちろん、回し蹴りで、相手の意識を刈り取り……あっ」

「そういうこと。多分無意識に体が動いてしまうと思うの。イリーナが悪いわけではないのよ？　とっさの時は、人間はやり慣れた行動をとってしまうものだから」

ヴィクトリアにフォローされたが、言われた言葉は確かにとしか言えない。とっさの時、私は誰かを守るために体が勝手に動いてしまいそうだ。よく分かっていらっしゃる。

ならばひとまずエミリアの安全が確保できて、かつ公爵家ではない場所は何処だろう。移動距離はあまりない方が望ましく、できればすぐに王宮に連絡を入れず黙ってくれそうな人がいるところがいいけれど……。

そう考えた時、王都での知り合いが一人思い浮かんだ。

「でしたら、ローザヴィ劇場に行くのはいかがでしょう？　私がというよりも、私の両親が、そこの支配人と知り合いなのですが、面識がございます。彼ならば何かいい案をくれるかもしれません」

父と母の共通の知り合いであるニキータさんは、ミハエルとも知り合いだったりもするが、たぶん事情を説明すれば黙っておいてくれると思うのだ。それにニキータさんは、エミリアが王女様だということも知っているので、簡単な説明で事情を察してくれるはずだ。

「……そうね。時間が合えばバレエを見るのもいいわね」

芸術好きなエミリアも納得してくれて、私はほっと息を吐く。

とにかく、次期公爵の嫁として、何としてもエミリアの安全を守り抜こう。そう心に決め、私達は席を立った。

ローザヴィ劇場に馬車を止め、私は裏口に回った。春になりエミリアとお茶会をした貴族が劇場にいないとも限らない。ちゃんと変装をしているわけでもない状況で正面玄関から入れば、噂の的になるだけである。

ただでさえエミリアのよくない噂が出回っているという話なのだから、こういう時はこちらから種はまくべきではない。

「すみません。イリーナ・イヴァノヴナ・バーリンと申します。館長のニキータさんと面会をしたいのですが」

丁度裏口にいた休憩中らしき団員に声をかける。振り返った女性は、特徴的な紫色の瞳をかっぴらいた。

「イリーナ?!」

「あっ。ゾーヤさん。ご無沙汰しています」

最初に知り合いに会えて私はほっとしたが、ゾーヤは私の後ろにいるエミリアの顔を見て、表情を硬くした。あっ。ゾーヤはエミリアの正体を知っているんだっけ。

「なっ……ひ、久しぶりね」

「なかなか公演を見にこれず申し訳ありません。今は王太子の結婚披露宴での公演準備で忙しいのは承知なのですが、少しニキータさんに内密に相談したいことがありまして……。事前にお伺いをしていないのですけれど、お会いできますか?」

ローザヴィ劇場の団員は王太子殿下の結婚式で踊る予定になっていて、今は凄く忙しいはずなのだ。正直申しわけなさでいっぱいである。

「それはっ！　んんっ……ご案内しますわね」

ゾーヤはエミリアをチラッと見たが根性で色々言いたいことを呑み込み、笑顔を作った。それでもそこはかとない怒気を感じる。何故王太子の結婚相手がここにいるのか説明しろと背中が語っているけれど、私もどちらかと言えば巻き込まれた派なので、何処まで説明していいものか分からない。

「歓談中、失礼します。イリーナ・イヴァノヴナ・バーリン様と……その高貴なるお連れ様がおこしですが、どうしましょうか？」

どうやらニキータさんには先に来客者がいたようだ。事前に面会予約をとっていないのだから当然ともいえる。

「あの、もしもよければ貴賓室で待たせていただければ……」

権力でごり押しして都合を付けさせることもできるけれど、ニキータさんと一緒にいる相手が、なぜ後回しにされたのか気になってしまうだろう。目立ちたくないならば、ちゃんと順番を守るのが吉だ。

「あら？　イーラも来たの？」

「え？　お母様？」

私の名前を聞いたためだろう。母がドアを大きく開けた。

部屋の中ではニキータさんと父が椅子(いす)に腰かけており、父が少しだけ腰を浮かせていた。普通は客である母がドアを開けるのはおかしくもあるが、ニキータさんの足が悪いため自ら動いたのだろうか？

元々ニキータさんと知り合いなのが父と母なのだから、ここにいるのは当然の組み合わせともいえる。さらに父が座っている椅子の後ろに顔に傷のある男が立っている。庭師のキリルだ。

でもなぜ、庭師がここに？　いや、我が家では雇っている使用人がそもそも少ないので、この場には付き人として連れてきているのだろうけれど。それにしてもこの間も氷の神形(みかたち)の討伐をさせていたし、色々なんでもやらせすぎでは？　雇用形態が謎(なぞ)だ。

とはいえとても強かったのでキリルに討伐をお願いするのは正しい気もする。でもそれならば庭師ではなく私兵団に入ってもいいと思うのだけど……。元々は父の知り合いだそうだが、あまりお喋りではなく自分のことも語らない人なのでよくわからない。

「……やあ、イリーナ。会えて嬉しいよ。どうやら急用なようだね？」

ニキータさんは私の後ろにいる人物、エミリアを見て数秒沈黙したが、格好などからお忍びと判断したようで、まるでなんてことないように出迎えてくれた。全員を一度中に入れ扉を閉めてしまった方がいいととっさに判断したのだろう。流石だ。

母はよく分かっていないようだが、何かを感じ取ったようで瞬時に外行きの笑みを浮かべた。対して父の顔色は、まるでお化けでも見たかのように真っ青(まさお)だ。もしかしたらエミリアの顔を見たことがあるのかもしれない。父は一度見たものは忘れない特技があるので、どこかで遠目に見たか、姿絵を見ていれば彼女の正体に気が付くだろう。

「な、なんで――うぐっ！」

考えていることが飽和状態になったのか、父の口から勝手に言葉があふれ出そうとしているところで、両足がニキータさんと母にそれぞれ踏まれてうめき声を上げる。長年の付き合いであることがよく分かる、息ピッタリな動きだった。

「立ち話も無粋だし、中に入って、椅子に座ってくれるかい？　そちらのお嬢様方も」

「はい。失礼します」

私はニキータさんに甘え、中に入る。その後ろにエミリアとヴィクトリア、さらにオリガが続く。

「私は稽古に戻りますわ。大切なお客様が来ているから、館長室には絶対近寄らないように団員には伝達しておきます」

ゾーヤは何が起こっているか気になっただろうが、ニキータさんの動きから、この場の話が漏れないようにした方がいいと判断したようだ。もしくは厄介事に巻き込まれたくないと思ったからかもしれない。

「ゾーヤさん、ありがとうございました。あの、今度の舞台、楽しみにしています」

「……もちろんよ」

なかなか会えないので彼女の踊りを応援していることだけは伝えようと最後に声をかければ、ゾーヤは困ったように苦笑しながら頷き部屋の外へ出ていった。

さてゾーヤが出ていけば、もう後戻りはできない。そもそも私が持ち込んだ厄介ごとなのだから、自分が逃げ出すことなど許されないのだけれど。……覚悟を決めよう。

足りない椅子をキリルとオリガが部屋の中に運び込み、私達はそれに座った。

さて、何処から何処まで話すべきか。ニキータさんと父は間違いなくエミリアが王太子の婚約者であるエミリア王女だと分かっている。でも母とキリルはまだ知らないし、それは一緒にいるヴィクトリアもだ。出す単語には気を付けなければ。

「この度は忙しい中、突然の訪問なのに、私達をここに受け入れて下さり感謝します」

「いいえ。紳士として当然のことです。それで……こちらにはどのようなご用件だったでしょう？」

何を話そうか迷っていると、エミリアが代表のように口を開いた。

ニキータさんは何処まで言葉にしていいのか明確な線を見極めながら質問をする。そんな態度のニキータさんに、エミリアはニコリと可愛らしく笑った。

「実は私、家出をしてきましたの。つきましては、王都にある信頼できて治安のいい宿泊場を聞きたくて、こちらに伺わせていただいたのですわ」

「い、家出っ？」

父が今にも倒れそうな様子で単語を繰り返した。昨日の馬車酔いの時と同じぐらい血の気が引いている。ニキータさんも父ほどではないが、かなり動揺しているようで、笑顔が引きつっていた。結婚間近な王太子の婚約者が王宮から家出したと聞けば、こうなるのは当たり前だ。

「ええ。家出ですわ。期間は決めておりませんが、国に帰りたいとか、ずっと家出を続けたいとは思っておりません。ですが、今すぐ帰る気もございませんわ」

そう言われると、エミリアは母国に戻りたいとは一度も言っていないなとふと気が付く。まだ婚約段階で結婚はしていないので戻ろうと思えば戻れる。もちろん戻っても強制的にまたこちらに送られる可能性も高いけれど、言葉も常識も通じる母国に戻った方がエミリアとしては動きやすいと思う。でもそれを口にも出さなかったということは、いつかは王宮に戻る意思はあるのだ。

「王都は様々な者の出入りがあるため、決して治安がいいとは言い切れません。流石に共も付けずに、ご令嬢が一人で宿泊するのは難しいかと思います。何か悩みがあり、一人になりたいのであれば、将来の旦那様にご相談されてはどうでしょう？」

「あら。相談できないからここにいるのでしょう？　それなのに相談すべきだなんて無粋よ。貴族女性が家出をするなんて、よっぽどの覚悟がなければできないわ」

母は横から会話に入るとニキータさんの模範解答をバッサリと切り捨てた。そしてエミリアの目を真っ直ぐに見る。

「突然会話に入ってごめんなさいね。私はイリーナの母のリーリヤ・イリイーニシュナ・カラエフと言います。貴方のお名前を伺ってもよろしいかしら？」

「エミリアと言いますわ」

「エミリア様は、ずっと家出を続ける気はないということは、最終的に自分がどうなりたいかは決めているのね？」

「ええ」

エミリアは目をそらすことなく、母の言葉に頷く。

「自分で期限を決め、向き合う意思があるのならば、私達が借りた屋敷に来ていいわ。といっても、私達は王太子殿下の結婚式に参加したらカラエフ領に帰りますので、それまでしかご招待できないのですけれど」

その結婚式までにエミリアが戻らなければ、結婚式自体ができなくて間違いなく大変なことになる。エミリアが帰る気があるのならば問題はないだろう。

しかし母の言葉を聞いた瞬間、父が椅子ごとバタンと倒れた。

「お父様?!」

「きゃっ！　大丈夫ですの？」

冷静に話していたエミリアも、父が白目を向いて倒れたことに少し顔を青ざめさせて驚いている。無理もない。

「あら。夫は心配性だから、少しびっくりしてしまったみたいね。ソファーに寝かせたいけれど……端に寄せてあるソファーを使っていいかしら？」

「ああ、どうぞ」

「自分が運びます」

母の言葉に真っ先にキリルが動いた。キリルはソファーの位置を少しずらすと、父をお姫様抱っこの形で持ち上げ運んだ。……娘としては微妙な光景だ。

母は先にニキータさんの方に向けられたソファーに座り、父は母に膝枕されるような形で寝かされた。キリルも含め手馴れている。これは多分カラエフ領でもよくあるのだろう。

「ごめんなさいね。びっくりさせてしまって」

「いいえ。でも、本当に私が行っても大丈夫かしら？　その、倒れられるぐらい衝撃を受けているようですけれど」

深層のご令嬢のように倒れている父を見て、結構強引なところのあるエミリアですら流石に躊躇った。私も突然目の前で倒れられたら、そんな相手に頼っていいか悩む。

「大丈夫よ。この人、本当に気が弱いけれど、いざという時はちゃんと踏ん張ってくれるし、なかなか頼りになるのよ？」

今まさに心労だけで倒れたばかりなのに、本当に頼りになるのだろうか？　我が父ながら心配になる。母の目には父がどううつっているのだろう。

「もしも大丈夫ならば、行き場がないのでお言葉に甘えたいのですけれど……」

「私達の人となりを知らないのだから心配にもなるわよね。ならイリーナも一緒に泊まりなさい。知り合いがいれば多少は安心でしょう？」

「えっ、私も？」

えっ。私も一緒に泊まるの？

突然話を振られてびっくりする。

「お友達が泊まるのに、娘がいないのはおかしくないかしら？　彼女も見知らぬ人ばかりでは、折角家出して自分の時間ができても落ち着かないわ。それに話を伺う限りご出身が異国なのでしょう？　それならばなおさら心細いと思うの」

友達……友達？

いや、友達になりたいとかなりたくないではなく、本物のお姫様に対して友達という単語を使うのが恐れ多いというか……。いや、でも、この場でエミリアの正体を暴露するわけにはいかないし。

「そうですわね。私、友達のお宅にお泊まりをしに行くなんて初めてだわ。実を言うと憧れていたの」

「いや。友人とお泊まりをしたことがないのは私もですけれど……」

外泊という経験は出稼ぎ時代にしているけれど、お友達とお泊まりというのは一度もない。キラキラと目を輝かせるエミリアを前に、私はすぐさま否定することはできず考える。父は間違いなく気が付いているが、母は気が付いていない状況で、王女を一人預かってもらう。……駄目だ、あまりに非日常なことすぎて、頭が混乱する。現実なのに嘘（うそ）っぽい。でもとりあえず、心労でぶっ倒れた父だけが真実を知っている状況はよろしくないだろう。

「……そうですね。バーリン公爵家に連絡して、家族水入らずで過ごしたいと伝えてみます」

エミリア王女はバーリン公爵家に自分の居場所が伝わることを嫌がっていたのだから、こういう形ならば怪しまれずに泊まることも可能だろう。

「でも……本当によろしいの？　私が言うのも変な話だとは思うけれど、私をかくまうのは厄介ごとだと思うの」

エミリアは頬に手を当て、少しだけ困った顔をした。

厄介ごとなのは間違いない。いくら母がいいと言っても、父が倒れたことで、エミリアの方が心配になったようだ。

「そうね。厄介ごとね。でもね、私も親族に望まない婚姻を押し付けられそうになった時、旦那が間に入って防いでくれて、さらに縁切りもしてくれたの。女性は家の関係でどうしても将来が自由に選べないことがあるわ。だから一時的に気持ちの整理をするだけの時間が欲しいのなら、その程度は同じ体験をした身として手助けしたいと思うの。その後たとえ親の決定に従うことを選んだとしても、自分の意思で納得するかしないかでは、心構えも変わるものだから」

私はすでに母の実家であるクリーク家とは縁を切っているからとしか教えてもらえていないし、一度も挨拶したことがない。また母や父が連絡をとっている様子すらないので、いないものとしていたけれど、そこに至るにはそれなりに色々あったのだろう。

「ともかく、気が弱いし体も弱いからこうやってすぐ倒れてしまうし、要領もあまりよくないけれど、腹をくくれば何からでも守り通してくれる程度に頼りになるから安心してちょうだい」

「えっ、今の言い方では、エミリアは全然安心できなくないですか？」

気が弱くて、体が弱くて、おまけに要領が悪いのは間違いなく事実だけど、どれも不安になる単語ばかりだ。

「そうかしら？　それだけ悪くても、私を守り通したのだから、頼りになるということよ。それにキリルもヴァーニャの命令は聞くから、身体的安全は完璧よ」

「確かに……」

庭師なのに、何でも屋なキリルの実力は秋の氷龍（アイスドラゴン）の討伐で知っている。強いのは確かだけれど、職業は庭師なので何とエミリアに説明するべきか。

「……イリーナが一緒ならば、心強いわ。お言葉に甘えてお世話になります」

「私はこのまま一緒についていっては逆に邪魔になってしまいそうだから、ご一緒するのはここまでとするわね」

ずっと聞き役に徹していたヴィクトリアは泊まりを遠慮し、ここで別れると言った。確かに突然客が来るならば人数は少ない方がいい。ヴィクトリアには気を使わせてしまって申し訳ないが、エミリアの正体を知らないままの方がいいと思うのでほっとする。

「ここまでご一緒してくれて嬉しかったわ。異国での結婚に不安や不満を感じているのが自分だけではないと分かって安心したわ」

「あまりお役に立てなかったけれど、そう思っていただけたならよかったですわ」

異国を離れて結婚する者同士、仲間意識が芽生えていたようだ。名残惜しそうだったが、エミリアも自分からヴィクトリアを誘うことはなかった。

こうして私とエミリアは私の両親が過ごす屋敷に移動することになった。

ニキータさんに紙とペンを借りて自分の屋敷に手紙を書いた私は、馬車を引いてきてくれた御者に託すことにした。ひとまずエミリアのことは書かず、父達が泊まっている屋敷に数日滞在したいと書いておいた。これなら里帰りのようなものだと思って、ミハエル達も安心してくれるだろう。

「エミリア、時間が合えば、またゆっくりお話ししましょう」

「ええ、喜んで」

ヴィクトリアとエミリアは別れを惜しみつつも別れた。ただし二人は仲良くなったけれど、お互い自分の家名を名乗ることはなかった。

身分差があれば本音で語ることもできない。だからこそ今はただの家出令嬢エミリアとしてここにいて、ヴィクトリアもそれに合わせたのだろう。

気絶していた父も目を覚ましたところで、私達は移動するため馬車に乗った。父もまたニキータさんに背中を叩かれながら再び青白い顔で馬車に乗る。しかし出発してすぐに、うめき声しか上げられないものとなった。

「彼の顔色が悪いのは馬車が苦手だからなの。気を悪くしないでね」

「馬車が苦手？」

「ええ。体質的に。眠っていれば少しはいいようだけれど。いっそ気絶している間に運んであげればよかったわね」

口を開けば出てはいけないものが出てしまいそうなぐらい具合が悪そうな父に代わり、母がエミリアに説明する。でも気絶した状態で運んだ方がいいというのはどうなのか。

エミリアが微妙に顔を引きつらせている。

「……それは大変ね」

とはいえ、父と母が借りている屋敷は、そこまで遠い場所ではなかった。王都の中心地からは離れているが王都内である上、それなりに大きな屋敷だ。たぶん何処かの貴族が昔使っていた屋敷が貸家となったのだろう。

「使用人はいないけれど、食料などは毎日届けてもらえることになっているし、洗濯ものも業者に渡せば洗ってくれるわ。屋敷の部屋は一応全室掃除されているけれど、日々使う部屋は自分で掃除をしなくてはいけないの。その代わり借りている間は、屋敷の中に誰も入ってこないから、人目を気にする必要はないわ。必要な布団などは今日中に届けてもらえるように連絡しておくわね。使われていない部屋にベッドがあったから、そちらを使ってくれる？」

やっぱり使用人は雇わなかったか。

最近は領地の屋敷で使用人を多少雇うようになった。でも元々カラエフ家は、貧乏で借金があったため、ずっと使用人を雇っていなかった。そのため自分のことは自分でやる生活が普通だったのだ。だからその流れで今回も庭師のキリルは連れてきているが、メイドを連れてこなかったのだろう。母と父だけならば、それで問題がない。

母達と別れ、私は自分達が使う空き室に入るとこれからのことを考えた。部屋にはベッドはあるが布団はない。ほこりっぽさはなく、清潔だけど生活をする上で必要なものをそろえなければ。

「オリガ。業務外で申し訳ないのだけど、エミリアの着替えなどの身の回りのお世話をお願いしてもいいかしら？　後、必要なものをこっそり公爵家から持ってきてもらえると嬉しいのだけれど」

基本一人で何でもやれるようにして来た私と、誰かにやってもらうことが仕事の王女様では、この生活で感じる不便さは大きく違うだろう。

「かしこまりました」

「エミリアにも、不便をかけると思いますが……」

「イリーナ、気を使って下さってありがとう。安全に泊めて下さるだけで十分よ。それに本当に私が何もできない状態になったら、王宮から使用人が送られてくると思うわ」

「へ？」

使用人が送られてくる？

エミリアの言葉に首を傾（かし）げる。

「流石に、旦那様も馬鹿（ばか）ではないということよ。今の私は国宝と同じで、傷がついたらとんでもない損害になるもの。何処にいるかまでは分からないけれど、王宮を出たところからずっと私には監視が付いているはずよ」

監視がついていることを堂々と言ったエミリアに、私はギョッとした。確かに異国の王女が結婚する前に何かあれば、それはこの国にとんでもない賠償が要求されるだけではなくその国との関係も大変なことになるだろう。

「えっ、本当ですか？」

「ええ。去年の春の時のお忍びで、とても肝を冷やしたと思うの。だから冬の時に私がピリピリするぐらい護衛が過剰になっていたのだし。今も間違いなく監視は付けられているわね。……この家出はおままごとのようなものよ。私が連れてきた使用人には、家出中別のことをお願いしているし、ちゃんと戻ってくることも伝えてあるわ」

去年の春ということは、私がエミリアの護衛をした時だ。あの時はミハエルも護衛としていたので、公認のお忍びだったはずだ。エミリアが王宮でさらわれたのはその後だから、あの時は肝を冷やすことなどあっただろうか？

首をひねっていると、くすっとエミリアが笑った。

「イリーナにとってはきっと日常茶飯事だったのかもしれないわね。なんといっても、討伐ができるご令嬢ですもの。でももしもあの時に大型の神形が討伐できなかったら、私は津波で死んでいた可能性が高いの。そうしたらきっと、とても大きな火種になったでしょうね」

「ああ。そんなことも、ありましたね。確かにあの大きな水大烏賊(クラーケン)が津波を引き起こしたらどうなっていたか分かりませんね」

ただしもしもそうなっていた場合はエミリアだけではなく、沢山の犠牲者が出て、王都が機能しない状態になっていただろう。そんな大災害が起こった後この国がどうなったかなど、想像することすら難しい。

「あの大きなということは、やっぱりイリーナは私を送り届けた後討伐に加わっていたのね」

「あっ」

しまった。

私は慌てて口を押さえるが、出てしまった言葉は返ってはこない。

「大丈夫よ。広める気はないもの。絶体絶命の状況になった時、臨時討伐武官の少年が突然加わって倒したという噂が近衛(このえ)の間で流れていたから、もしかしたらと思っていたの。あの時はありがとう」

「い、いいえ。それから、その噂はデマですからね？　私がしたことはほんの些細(ささい)なことだけで、私が倒したなんて誇張もいいところです。それにミハエルの活躍がなければ討伐できませんでしたから」

　私は昔漁師に聞きかじったことをミハエルに伝えて討伐に協力はした。でも実行したのはミハエルだし、最後にとどめを刺したのもミハエル。

　つまり、実質ミハエルが倒したと言っても過言ではない。それなのにその功績を奪うような噂が流れるとは。

　近衛は討伐部とは部署が違うためにおかしな噂になったのだろうけれど、噂を信じてはいけないというのがよく分かる。

「ともかく、あの時は下手したら死ぬどころか、海に流されて死体すら行方不明になっていたかもしれなかったようね。そのことに相当肝を冷やしたみたいで、私はこの国にいる時は常時監視されることになったの。私が監視されているのは、イリーナのご両親の護衛なら気が付いていると思うわ。時折窓の外を確認していたから」

「護衛？」

「あら？　ご両親と一緒にいた、顔に傷があった彼は護衛ではないの？」

「ああ。キリルのことですか……。確かに護衛も兼任してそうですね」

　そもそもの職業は庭師で、現在は付き人……なのだとは思う。でも武力は間違いなく高く、父がぼんやりしていても物取りなどから守ってくれそうな安心感がある。

でもキリルは監視に気が付いていたのか。私もまだまだ精進が足りないようだ。

その後私達は、オリガに色々荷物を運び入れてもらい、日々過ごすのに足りるかどうかを確認する。それから母が準備してくれた夕食を食べればもう寝る時間だった。あっという間に時間がすぎてしまったけれど、ミハエルは今頃どうしているだろうか？　いつもならば少し大げさな帰宅の寸劇をしている頃だろうなと思うと、少しだけ寂しい気持ちになる。

そうだ、こういう時こそ日記だ。今朝のミハエルについてや、ミハエルが水の神形を討伐していることについてしたためよう。そうすれば、何時でもミハエル様と共にいる気分になれるはず。

私は常に持ち歩いている手帳と鉛筆を取り出し、机に向かって今朝のミハエル様について思い出しながら書き始める。まだ生まれていないお腹の子に言葉をかける姿はまさに慈愛の塊、聖人のようだ。青空色の瞳はその心の清らかさを表すかのようにやさしい色をしている。

しかしミハエル様はやさしいだけではない。やさしくお腹をなでた手で国民のために剣を握り、いまだ暴れ続ける水の神形を討伐するのだ。

きっと今日も凶悪な神形をたぐいまれなる剣さばきで切り伏せたに違いない。その姿は勇敢であり勇猛さもあるだろう。ああ、そうだ。

不意を突かれて水の神形に足を取られておぼれかけた部下を颯爽と助けたなんていう事故が起こったかもしれない。慌てず冷静に指示を出し、キラキラと舞うしぶきの中、部下を守り戦

うミハエル様……。いい。こんな姿を見られたら心臓が止まってしまうかもしれない。なんて罪深き美しさと尊さ。

ああ。なんで私は今日のミハエル様を見ることができなかったのか。

というよりも、これまでも私はミハエル様が水の神形を討伐している姿をじっくりと見ることができていないのではないだろうか？　去年一緒に討伐した時はそれどころではなかったし、運が悪いのか毎回見逃している気がする。

……待って。確かミハエル様は後一年で退役されるご予定だったはず。ということは、水の神形を討伐するミハエル様を見ることができるのは、もう限られた時間しかないということではないかしら？

水の神形を討伐する限定ミハエル様の価値が天井知らずに吊り上がっている。ああ。どうして私が二人いないのか。もう一人いたら別行動をし、ミハエル様の勇姿を細部まで目に焼き付け、書き残すというのに――。

「イリーナ、何を書いているのかしら？　まだ眠らないの？」

「ああ。すみません。ミハエル様日記をつけていました。もう寝ます」

「……ミハエル様日記？」

おっと日記と言おうと思ったのについミハエル様について考えていたせいで、名前を間違えた。

「失礼しました日記です」

「ねえ、本当にただの日記なの？」

「はい。日記です。九割ほどミハエルのことが書かれていますけれど」

「……ソレ、楽しいの？」

「もちろん。今日も水の神形の討伐で大活躍をしたであろうミハエル様を書くだけで胸がいっぱいになります」

　脳内でミハエル様が今日の再演をして下さるのだ。楽しい以外の何ものでもない。

　そしてこのとりとめもなく記録したものが、いずれミハエル様伝記の一部となると考えると、その妄想だけでさらに幸せ度が増す。

「あら。討伐中の姿を見ることができたのね」

「いいえ。見られませんでした。運が悪く、水の神形の討伐は毎回ゆっくりと見られないのですよね。一緒に討伐をしている時は、見ている暇がありませんし」

　運がない自分にため息が出そうだ。

「見てないのに書いているの？　それは捏造ではないのかしら……。もしかしたらぬかるみに足を取られて転んでいるかもしれないわよ？」

「ミハエル様は転びません」

「えっ？」

「ミハエル様が転ぶはずないではないですか」

何を当たり前のことを。

大切なことなので再度繰り返すと、エミリアはため息をついた。

「まあいいわ。そろそろ眠らない？」

「はい。失礼しました。寝ましょう」

私は手帳をしまうとランプを消した。エミリアに迷惑をかけるわけにはいかない。

「……イリーナはミハエルに会えなくて寂しくなっていない？」

「そうですね。少し寂しいですが、それよりも違和感がありますかね。最近は仕事終わりのミハエルをエントランスで出迎えるのが日課だったので」

ベッドに横になりぼんやりとしていると、エミリアがからかうような口調で話しかけてきた。

最近は毎日帰ってきたらお出迎えをして、一日何があったか話していたので、それがないことがなんだか不思議な感覚だ。少し前は近づくだけでミハエル様成分か過多すぎてしんどくなっていたのに。慣れというのは恐ろしい。

「仲がいいのね。いいことだわ。……ごめんなさいね。私の事情に付き合わせてしまって」

エミリアはぽつりと私に謝った。

「いえ。大丈夫です。冬の間は、神形の討伐の関係で会えないのが当たり前でしたし」

むしろミハエルの歴代衣装を掘り起こし、一人ミハエル展を開き充実していた。ミハエルがいるとできないので、たまにはこういった一人の時間があってもいいと思っている。もちろん会えないのは、寂しいのだけれど。

「……エミリアはどなたか会えなくて寂しい人がいるのですか？」

遠い異国の地で結婚したら、もう戻ることはないだろう。

王女として育ち、覚悟を持って異国へ嫁ぎにきても、郷愁にかられることはあると思う。それが両親か、兄弟か、友人かは分からないけれど。

「あるところに、可愛い女の子がいました。女の子の傍にはずっと兄のように慕っている青年がいました。青年は何でもできて、女の子のために沢山のことを教えてくれて、女の子をずっと守ってくれました。だから女の子はその兄のような人に恋をしてしまいました」

私の質問に答えず、エミリアは唐突におとぎ話風に語り始めた。

「でも女の子はお姫様で、青年は従者でした。彼は女の子のためと、勝手に異国の王子様と結婚できるようにしてしまいました。女の子はそんなのは望んでいないと反発します。様々な方法で気を引こうとします。でもまったく相手にされず……告白すらさせてもらえませんでした」

エミリアの声が寂し気に聞こえた。

きっとこの女の子はエミリアなのだ。

「まだその女の子は大人になった女性の胸の中で時折駄々をこねます。しかし女性にしかその声は聞こえないので、女性は異国の王子様の手をとりました」

身分が違えば結ばれないのは普通だ。私がミハエルと結ばれたのは本当に運がよかったのだと思う。

それでも恋をしてしまうのは、仕方がない。かつての私も大きな身分差を前に自分の感情に蓋をして、恋とは違う形に書き換えた。憧れたミハエル様のような人物になりたいと思い、いつかはミハエルの役に立つ、誇れる自分になろうとしたのだ。貴族令嬢ならば、そういったままならない体験は一つや二つあるものだと思う。

「エミリアはその女の子の恋を応援したいですか?」

「絶対しないわ。私も含めて誰も幸せにならないから。それだけは断言できるの」

エミリアは断言した。今も失恋して強がっている感じはない。

「一方的に幸せを決められて告白すらさせてもらえなかったことに関しては釈然としないけれどね。でも彼はきっと女の子と向き合えない程度に、女の子が大切だったのだと思うのよ。だからもう、そのことには決着がついているわ。今私が見つけたいのはこの国で生きるための覚悟というか決意というか……そのようなものよ」

エミリアは、去年の春もお忍びで観光をしていた。その時から、彼女は納得するためのものを探しているのかもしれないけれど、それは私には分からない。

「さあ、今日は疲れたし、もう寝ましょう? 夜更かしは美容の敵よ」

「そうですね。おやすみなさい」

エミリアは美意識が高いので、色々誤魔化すためとはいえ、美容を理由にしたのは彼女らしい。私の辞書にはない単語だ。

どうか、彼女が彼女らしくこの国で暮らせますように。

私はそう願いながら、眠りについた。

ゴンゴンゴンゴン！

滞在中の屋敷の玄関が打ち鳴らされたのは、まだ朝早い時間だった。今は白夜なので外は明るく深夜や早朝に出歩いている人も多い。しかし母と一緒に朝食を作り、オリガがテーブルを整えて、さあ皆で食べましょうと話したタイミングだ。一般的には訪問を控えるような時間帯である。

そんな中、近所迷惑と言われそうな強さで叩かれたため、私達は全員玄関の方を見た。力強い打撃音だが、どことなくリズム感がいい気がする。

「まさか、このリズム感がいい打ち鳴らし方は……」

「流石に、扉叩く音で相手が誰なのか判別できるのはどうかと思うわよ？　まあ、こんなに朝早くから騒々しく鳴らすなら、彼でしょうけれど」

リズム感のいい鳴らし方という部分で判別すれば、エミリアから残念な生き物を見るような目で見られた。まあ私も、こんな早朝に両親が借りた屋敷にやってくる人物が一人しか思い浮かばないからこそ、彼に違いないと思ったのだけれど。

「私が行くわね」

使用人だからと、一緒の席に座ることを固辞して給仕にいそしんでいたオリガを制して母が扉を開けに向かう。念のため私もその後ろをついていけば、ドアの向こうには太陽の光を浴び、髪をキラキラ輝かせたミハエルが立っていた。先ほどまでドアに八つ当たりするかのように叩いていたはずなのに、とても爽やかな笑みを浮かべている。

「いらっしゃい、ミハエル君」

「義母上、おはようございます」

「ま、眩しい」

どうしよう、一日ぶりに見たミハエルがキラキラしすぎて目が潰れそうだ。後光が見える。

「会いたかったよ、イーシャ！」

大股で私との距離を詰めたミハエルは、その勢いで力いっぱい抱きしめた。その瞬間心臓が飛び跳ねる。

「ひょえっ」

「もっとその顔をよく見せて。大丈夫？　迷惑をかけられた心労で体調不良になっていない？　肌の色艶はよさそうだけれど、イーシャは我慢強いから心配なんだ」

覚悟する間もなく高濃度なミハエル供給が起こったことで、私は目をグルグル回しそうだ。とても健康だけれど、まさに今、とても心臓に負担がかかっている。

「だ、大丈夫です。とても元気です。えっと、ミーシャは……」

「近くにイーシャがいなくて寝不足だよ。突然こんな風に会えなくなるなんて思ってもいなかったのだから」

この世の不幸をすべて背負ったような悲し気な顔に心がずきりと痛む。

ん？　でも待って。会えなくなってからまだ一日も経ってないですよね？

うっかり流されそうになるが、すぐにおかしいことにはっと気が付く。

色々ツッコミどころが多いけれど、思ったことをそのまま返すと拗ねそうなので流しておく。

それに——。

「えっと、私も昨日はミーシャにおかえりと言えなくて少し寂しかったです」

正確には寂しいとも違うかもしれないけれど、いつもの流れでないことに違和感を覚える程度に、私は夜ミハエルを出迎える生活が定着していた。

「もっと早く迎えにこればよかった。愛してるよイーシャ」

私の言葉にミハエルは目をキラキラと輝かせると、唇に唇を合わせた。えっ。待って。ここには母がいるし、父も見ているかも。

両親に見られるのが恥ずかしすぎて、私はバシバシとミハエルの背中を叩いた。私もミハエルを愛しているけれど、でもこういったことは、せめて人がいない場所でして欲しい。

「イーシャ、どうしたんだい？」

「あ、あの。こういうのは、その、場所を考えて欲しいと言いますか……」

私に背を叩かれて唇は離してくれたけれど、ミハエルは私と違い平然として、むしろ私が過剰に恥ずかしがっているのをいぶかしんでいる。

何で恥ずかしくないの？　と思うけれど、もしかしたら、ミハエルの両親が似たようなことを常にしているからかもしれない。でも私は赤の他人に見られるより、両親に見られる方が本当に無理だ。

ただしキスを拒否しているのではなくてということを、どう説明したものかとぐらぐらと煮えそうな頭で考える。

「仲がいいのは構わないのだけれど、女性が嫌がっている状況下で口づけを送るのは紳士的ではないのではなくて？」

背後からエミリアの声がして、私はドキリとした。

エミリアのことを隠さなければと一瞬思いかけたが、先ほどミハエルはお姫様に迷惑をかけられてと言っていた。つまりエミリアがいることは先に情報として知っていたのだと気が付き思い留まる。

でもミハエルには隠し事をしたようなものだし、エミリアには私が告げ口したように見えるかもしれないし……。私は先ほどとは別件でどうしようとあたふたとしてしまったが、ミハエルはそんな私に気が付くことなくエミリアを半眼で見据えた。

「紳士的とか諭すようなことを言われますが、人の妻を勝手に家出に巻き込んで連れ歩く方がよっぽど非常識ではないですか？　しかも外泊！　外泊ですよ‼」

「確かにイリーナは私に付き合って一緒に外泊してくれたわ。でも外泊と言ってもイリーナのご両親が借りている場所だし、無断でというわけでもない。さらにまだ一日も経っていないのに、少々束縛が強すぎるのではありませんこと？　そんなにがんじがらめにしては、イリーナが疲れてしまいますわ」

「はい？　旦那が妻に毎日会いたいと願うことのどこが、束縛が強いと？」

「強いでしょう？　妻はお人形でもペットでもない、一人の人間なのよ？　いちいち旦那の許可を取らなければ、友人と遊ぶことすら咎められるとかおかしくありません？」

元々ミハエルが喧嘩腰ではあったのだけれど、エミリアも負けてはいない。本人を差し置いて一触即発な雰囲気に私はどうしようとおろおろしてしまう。

そんな中、パンパンと母が手を叩いた。二人はその音で、一時的に話すのを止めた。

「ミハエル君は、朝食はもう済んだかしら？」

「いえ。まだですが……」

「実はイーラと一緒に朝食を作ったの。大したものではないけれど、一緒にいかが？」

「ありがとうございます。もちろん食べます」

ミハエルはエミリアとは打って変わり、母に対してにこりと美しい笑みを向けた。しかし母はそんな笑みを平然と受け流すと、頬を染めることなくにこっと笑っただけだった。この壮絶にカッコイイ顔をしたミハエルを見てもまったく揺さぶられない母は流石だ。

「なら席に座って下さる？　折角の料理が冷めてしまうわ。エミリアもね。お腹がすくと、人間は皆イライラしてしまうものよ」

　そうだろうか？

　二人がイライラしているのはそれだけではない気がするが、母に促される形で私達はリビングに移動し席に座った。ミハエルの席は私の隣に設けられる。

　全員が席に着いたところで、皆が食事を食べ始めた。と言っても和やかな雰囲気ではなく、無言だ。

「イーシャは、料理が上手だね。折角だし、たまにダーチャで料理をしてみる？」

　しばらく無言が続いていたが、三分の一ほど食べ終わったころにミハエルが話しかけてきた。

　ダーチャとは郊外に持つ屋敷のことで、バーリン公爵家もいくつか持っているとは聞いている。

「えっ。いいんですか？」

　上手と言っても、今日のメニューはソバの実のカーシャで、ありきたりな料理だ。別段凝ってもいない。

　そして公爵家の料理人が作る料理は、文句なしにとても美味しいし。でも自分では一切料理ができないというのは、過去の自分が否定されるようで、寂しく思っていたのだ。だからたまにでも料理ができるのは嬉しい。

「うん。子供が生まれて、少し大きくなってからだけどね。折角だからイーシャの味を子供に食べさせてあげたいし、俺も食べたいな」

子供に食べさせてあげるか。

まだ子供が生まれてからの生活というものはピンとこない。話を聞く限り、基本的なお世話は乳母や使用人に任せてしまうのが貴族的なやりかたらしい。私は母がすべての教師だったが、公爵家ならば家庭教師がつく。

そうなると、私は子供にどんなことをしてあげられるのだろうと思っていた。でも手料理を振る舞って最低限、何があっても食べることができるように簡単な料理を教えてあげることはできそうだ。

「でもそのためには、イーシャは元気な子を産めるように健康でいてもらわないといけないなぁ。少なくとも、自分の責任を放棄して、周りに多大な迷惑をかける王女に付き添っている場合ではないと俺は思うよ」

ミハエルは父親になる準備を進めてくれていて幸せだなとほのぼのしていたはずなのに、だんだんと言葉に棘が混ざってきた。付き添っている場合ではない……。確かに妊婦がやるべきことではない気はする。私はまた余計なことをしてしまったのかもしれない。

「すみませんでした……」

「違うよ。違うから。俺はイーシャを責めているわけじゃないから」

「いえ、でも、エミリアに付き添うことを決めたのは私ですから」

あの場で付き添わないという選択もできたし、すぐにミハエルに連絡をとることだってできた。そうじゃない方法を選んだのは自分だ。それを人のせいにする気はない。

そう言うと、ミハエルはカリカリと頭を掻いた。

「……ごめん。イーシャは次期公爵夫人として、エミリア王女が危険にさらされないようにしたんだよね。うん。イーシャの行動は正しいよ。そうして欲しくないと思ってしまったのは、俺の心が狭いというか余裕がないからだ」

「いえ。私が――」

「妊婦を巻き込んだことに関しては、全面的に私の配慮が足りなかったわ。ごめんなさい、イリーナ」

ミハエルと自分の方こそ悪かったと言い合っていると、エミリアが突然私の言葉を遮り、頭を下げた。

「そんなことありません。私が巻き込まれに行った部分が大きいのですから」

王女様に私のことで頭を下げさせるなんてと慌てる。これはエミリアだけの責任ではないはずだ。しかし彼女は首を振った。

「いいえ。私が王女であるからイリーナは私を守ろうと動いたのでしょう？　ならその行動の責任を負うのは私だわ。そして王女の責任を放棄して、家出したことも申し訳なく思っているわ。これに関しては、私が悪いわ。ただね、命を狙われ続ける生活は、たとえ武官に守られていても息が詰まるの。そしてどうしてこんな窮屈な生活をしなければいけないのかと思ってしまうの」

　エミリアはこの国に望まれて嫁いできたはずなのに、この冬には彼女の責任ではない部分で害されそうになっていた。確かにエミリアにも悪かったところはあっただろう。でも言葉も常識も違う国に身一つで来て、自分の恋にも蓋をして、この場にいる。それなのに命を狙われ歓迎されていないような生活は、心を痛めて当然だ。

「私はこの国と母国を守るために望まれてここにいると思っているわ。そして今後はこの国……ザラトーイ王国を一番に考え、守っていくのだけれど、それを望まない人もいる。だからせめてザラトーイ王国がどんな国なのかを、自分の目で見て知っておきたかったの」

　エミリアは真っ直ぐに前を向き、凛とした様子で話す。決して自分の意思は曲げないというように。

「……国を守るとか……エミリア様は、本当は母国で女王として立ちたかったのかい？」

　ミハエルはエミリアを責めるのを止め、質問した。それに対してエミリアは苦笑いをする。

「兄がこの国の王太子と結婚できたなら、その道もあったわね」

「いや、流石に王太子が男色家という噂ができ上がりそうだから勘弁してやって下さい」

自身が以前その噂に振り回されたためか、ミハエルがそう言ってうなだれると、エミリアはくすくすと笑った。

「嫁ぐことにはもうちゃんと納得しているのよ？　たとえ兄が男色家だったとしても、法律としてできないのだから、この役目を負えるのは私だけ。でももう少しだけ時間が欲しいの。自分がすべきことを終わらせたら、ちゃんと帰るわ」

「……ですが――」

ミハエルも最初ほど怒っているようではなかったが、彼の職務的にエミリアの自由行動を賛成するわけにはいかないのだろう。

「お喋りはそれぐらいで、手も動かしてね？　折角の料理が冷めてしまうわ」

母は先ほどと同じように二人の言い合いを止めた。

そう言えば、母にはエミリアが王女であることは言っていなくて、ただの訳ありのお嬢様だと思っていたはず。

先ほどから王女やら王太子やらという言葉が出ているけれど大丈夫だろうかとちらりと母の表情を見るが、自然体だ。父が事前に教えたのだろうか？　しかし父はすでに土気色の顔になっている。母にこっそり伝えたかは微妙なところだ。

「結婚前は色々状況が変わるから、気持ちに余裕がなくなったりするものよ。永遠に戻らないわけではないのだから、ミハエル君も一時だけ目をつぶることはできないかしら？」

「それは……」

母に言われミハエルは口ごもる。

「結婚は一人ではできないもの。できるなら二人で話し合って妥協点を見つけるべきだと思うわ。でもその妥協点が何処なのか、自分の考えをまとめる時間も必要よ。それとね、ちゃんと向き合わずに結婚すれば、後でもっと大きな亀裂ができてしまうかもしれないと私は思うの。縁があって結婚をすることになったのなら、できればそれが幸福なものであって欲しいと思うのだけど」

国益を考えるなら、今すぐエミリアを安全な王宮に連れ戻す方がいいのだろう。エミリアは傷を付けてはいけない宝のようなものである。でもミハエルは母の言葉を無視はできないようだ。

「ここでの安全は保障するわ。ここには、私の自慢の旦那であるヴァーニャと凄腕庭師のキリルがいるもの。ヴァーニャがキリルにお願いすれば、きっちり守ってくれるわ」

いや、お母様。場を和ませようと言ってくれているのかもしれないけれど、土気色の顔をした父がはた目には役立つようには見えない。さらにキリルに付く言葉が庭師という時点で、わざと不安を煽っているように感じる。

ミハエルはキリルの実力を知っているのであれだけど、エミリアは少し顔を引きつらせている。

「義父上のお考えはどうですか？」

「わ、私かい？」

父はミハエルに話をふられ、視線をさまよわせた。聞いていなかったということはあり得ないだろうけれど、自分が発言する立場になるとは思っていなかったようだ。

あたふたとした後、一度深呼吸した。

「守れるかと言われれば……その、守れるよ。キリルも、エミリア様には傷一つつけないように護衛をお願いしていいかい？」

「かしこまりました」

父はエミリアがどうするのがいいかという話には触れず、守れるかどうかの話をした。父は色々行動のせいで頼りなく、心配になってしまうけれど、これでもカラエフ伯爵だ。王女を守れると言いきったのならば、口先だけではないと思う。

「えっと。その、キリルが守ってくれるなら、どんな敵からでも、物理的に守り通してくれるから安心していいので……」

「なら少し一人の時間があるといいかもしれないわね。キリル的には、エミリアが散策に出る時の護衛を任せても大丈夫かしら？」

「問題ないです」

にこにこと母は笑いキリルにたずねれば、キリルはなんの気負いもなく受け入れた。……流石にこの会話でエミリアの立場が何なのかキリルも感づいたと思うけれど、不思議と彼はかしこまることがなかった。表情もほぼ変化がない。

「どうかしら？　この国を知りたいのならば、ここにいるだけでは駄目でしょう？　散策してこの国の普段の様子を見てくるといいわ。キリルを護衛に付ければ安心だし、一人で考えごとをするのにもいいと思うの」

エミリアは少し考えたが、母の意見に同意し頷(うなず)いた。

「そうね。できるなら一人で見て回りたいわ」

「なら。決まりね。ご飯を食べたら、少し散策に行ってらっしゃい」

キリルが付くとはいえ、異国の王女様一人で大丈夫だろうか。キリルは凄腕ではあるけれど無口だ。私の方が不安になる。

「あの、お金とか、そのあたりは大丈夫ですか？」

「ええ。買い物の仕方は去年の春に覚えたから問題ないわ。今回は小銭もちゃんと準備して持ってきているのよ。王都での大体の金銭感覚も頭に入れてあるわ」

どうやら最初から準備万端な家出だったようだ。金銭感覚も頭に入れてあるとか、もしかしてこの家出は去年から計画していたのではないだろうか？　そう思ってしまうぐらいの用意周到さである。

とはいえ、こうなったら私も口をはさみにくい。

朝食を終えたエミリアは、キリルを連れて颯爽と出かけていった。

「ミハエル君、悪いが……少しこの後時間をもらえないだろうか？　その、仕事に遅刻させてしまうと思うが……」

食事を終えて、ミハエルも出かけようとしたところで、父がそうミハエルに切り出した。

「ええ。構いません」

「イリーナにも、一緒に聞いて欲しいことがある」

「えっ。分かりました」

前も話すための時間が欲しいと言ってはいたけれど。ミハエルの仕事の邪魔をしてまで話したいこととは何だろう。

ミハエルが従者に仕事に遅れる旨を伝えにいく間に私は母とオリガと一緒に朝食を片付ける。

……なんの話かまったく予想ができなくて微妙に不安だ。

ミハエルと話すこととなると……カラエフ領に新たに産業を生み出そうとしている件とか？　カメラの件が動くのは嬉しいけれど、それ、今すぐ必要かなぁ。

後は何か父が困っていそうなこと……。今年は冬が長かったし、備蓄とか神形のこととか――。

領地で問題がありそうなことを脳内で挙げていた時、神形という部分で何かが引っかかった。

今年はかなり氷の神形が猛威を振るったはずだ。ついこの間も地震があってバーリン領では土の神形が暴れてその時はバーリン領の私兵団に交じって私も討伐に参加して……。

その時いた、もう一人を思い出して、私ははっと気が付いた。

そうだった。自称神形研究家のグリンカ子爵が父に会いにカラエフ領へ行ったのだ。しかも私はわざわざグリンカ子爵がカラエフ領に行く理由になりそうな、両親への手紙を渡してしまった。

これか!!

私は自分が父に押し付けた厄介ごとを思い出し、目を見開いた。

テーブルを拭き終わり、次は食器洗いをしようとしたが、後はやりますとオリガに強制的に席に座らさた。そして綺麗にしたテーブルにクランベリーのモルスが出される。これは何を言っても、使用人の仕事だと言い、譲ってくれそうにないので大人しく飲む。

どうやら妊婦は、ずっと立ち仕事はせず、適度に休まなければいけないらしい。朝食作りだけでもさせてもらえてよかったと思うことにして、ちびちびとグラスに口をつけながら、ミハエルが戻ってくるのを待った。

それにしても、あの時の私の考えなしな行動が、巡り巡ってミハエルの仕事の邪魔をするだなんて。

あの後また私は妊娠したことについて両親に手紙を送ったのだから、グリンカ子爵に託した近状をつづっただけの手紙は、あってもなくてもよかったのだ。冬は雪深くなかなか手紙を出せてなかったしと深く考えず渡してしまったことが悔やまれる。

もしかしたらグリンカ子爵対策で少し長話になるかもしれないと思い、後片付けをしたら休憩に入って欲しいとオリガには伝えた。使用人が一人しかいないのだから、休める時に休んでもらわないと、オリガは朝食を食べる時間すら取れなくなってしまう。

「お父様、お話とは……もしかしてグリンカ子爵のことですか？」

「あ、ああ。いや、それだけではない……かな……」

「それだけではない？　もしかして、彼はかなりご迷惑なことをしました？」

グリンカ子爵は多分、悪い人ではないと思う。

しかし多分と付けなければいけないぐらい、グリンカ子爵は神形を中心に世界が回っており、常識が一般とずれていることがままあった。話し始めたら周りが見えなくなるし、正直理解しがたく、気持ち悪いと思うこともある。

私も彼を反面教師にし、人が引くほどミハエル教を表には出さないようにしようと誓ったぐらいの変人だ。

「いや……まあ。一応、彼も今は王都に帰ってくれたから……カラエフ領に迷惑はかけていないよ」

「帰ったんですか。まあ、お父様がいない上に、氷龍(アイスドラゴン)も流石にしばらくは出現しないでしょうしね」

夏になれば氷の神形は生まれない。しかも父が王都に行ってしまえば、グリンカ子爵はつまらないだろう。

そして父としても、責任者不在の領地でグリンカ子爵が暴走したら困るだろう。

「ええ。一緒の馬車に乗ってちゃんと帰ってきたわ」

「えっ。一緒の馬車だったのですか？」

あの人と？

顔色を悪くした父の隣で、顔色無視して一方的に神形について喋っているグリンカ子爵の姿が思い浮かんだ。あの人が、父の顔色なんて気にするとは思えない。……父が公爵邸にたどり着いた時、死にそうになっていたのは、もしかしてそれのせいもあるのでは？

「王都まではグリンカ子爵の馬車で一緒に移動することになったの。その方が確実にカラエフ領から離れてもらえるでしょう？」

「いや。まあ……ソウデスネ」

確かにその方が確実で、離れると言っておきながら、結局ずっと滞在し続けていたということにはならないだろう。でもそれを実行するにあたっての犠牲が誰だったのかを考えると顔が引きつる。

　次期公爵であるミハエルを前にしても、彼は神形のことになると、自分勝手に喋っていたのだ。しかも独り言なのか誰かに話しかけているのかも分かりにくい喋り方をするので、相槌だけでも疲れる。きっと父の前だったらミハエルの時の倍は話し続けただろう。

「もちろんちゃんと、休憩時間はとれるようにしたわよ？　休憩時はちゃんと黙っていてもらえるようにしたし、睡眠も邪魔されないように部屋は別でとったわ」

　休憩時間こそ普通なら、会話などを楽しむ時間なのに、あえて黙ってもらうとはこれいかに。しかし父の精神が崩壊しないように母がある程度の調整をかけたのだろう。

「よく納得してもらえましたね」

　グリンカ子爵は父には興味があるが母にはまったくない。一応私のことも興味があるのかじろじろと見てくるので、男色家というわけではないだろうけれど、母の言葉を軽く見そうな気がしてならないのだ。

「聞いてもらえる範囲をちゃんと見極めて、従わないならばいっしょに馬車に乗りませんとすれば、興味ない話でも聞くわよ？　王都で雑貨屋を繁盛させられるぐらいだから、決して馬鹿ではないのだし」

　カラエフ領から王都までは五日ほどかけて移動することになる。なるほど。五日決まった時間みっちり話ができるなら、条件に従うという損得勘定はできると。そしてその条件が、母が決めた休憩時間や夜間は静かにということなのだろう。

「でも公爵家までは来なかったのですね」

「そういう約束をしたからね。王都に入ったところで降ろしてもらって、ここまで辻馬車を借りて来たの」

なるほど。確かに娘の顔を見に来たのに、赤の他人が交ざっているとか意味が分からない。その上もしも公爵家に連れてきていたら、ミハエルがピリピリしていて大変だっただろう。

「なら、ミハエルに話したいこととは何ですか？　本当にグリンカ子爵の件は大丈夫なのですよね？」

「……ひとこと、冬は邪魔しに来ないよう、口添えしてもらえたらとは思うけれど……」

「確かに」

氷龍の討伐中に凄く興奮した状態でウロチョロされたら、想像するだけで邪魔だと分かる。グリンカ子爵が氷龍の討伐ができるとは思えないし、領地の雪山で遭難されるのも困る。

そして彼が討伐の邪魔をしないように父が相手になっていると、その間討伐に対しての指示が出しにくそうだ。もちろんグリンカ子爵は神形に関しては博識で、彼のうんちくの中に益な情報があるかもしれない。でもそれよりも、父への負担が大きすぎる。

「グリンカ子爵のことが本題ではないのでしたら、冷害の関係ですか？」

今年は夏が遅れている。もしもこのまま気温が上がらず冬に突入した場合、備蓄がどれぐらいできるだろう。そして今年の氷龍の出現状況もどうなるか不安が大きい。

「いや、それでもないよ」

「今はよくても、今年は、各地の麦が打撃を受けているでしょうから、まだこの先は分からないけれどね」

今は堪えられても、作物が上手く育たない状態が長く続けば苦しくなってくる。母が言う通り、楽観視はできないだろう。

とはいえ、父の要件はそれでもないようだ。だとしたら、どの件だろう。

「遅くなりすみません」

父が話そうとしている内容が想像できず、不安になってきていると、丁度ミハエルが戻ってきた。

「いや。こちらこそ……その、……時間をとらせてしまい、申し訳ない」

父はそう言って視線をさまよわせると、上手く言葉がまとまらないのか、その状態で固まってしまった。

ミハエルも最初こそ父が話し出すのを真面目な顔で待っていたが、徐々に困惑した顔に変わる。あまりに話し出さないので、どうしようかと思っているところで、隣に座っている母がトントンと父の肩を叩いた。

「ほら。なんでもいいから話さないと二人が困ってしまうわ。大丈夫、落ち着いて」

「ああ。すまない。その、私はあまり話すことが得意ではないから……少々分かりにくいかもしれないが、その、まずは、聞いて欲しい。何処に話が行き着くのか、最初は分かりにくいと思うが……」

父はそう言うと、深く息を吐いた。顔色はすでにもうあまりよくない状態だ。緊張をしているからだろうか?

でもそこまで緊張する話というのが恐ろしい。

「私は生まれた時から心臓が悪く、歩くこともできない子供で、ほぼ寝たきりだった。……私の母も体が弱い人で、私の体が弱かったのは早産で生まれたのが原因だと言われている。私の父は跡取りである私を何とか健康にしようと氷龍を討伐する度に、氷龍のかけらを飲ませたりしたが、改善は見られず、母は弟を産まなければならなくなった。なぜならば父は領地で私兵団長していた元平民で、母が正当なカラエフ領の後継者だったからだ」

はたしてどんな話が飛び出てくるのだろうかと思ったが、父は自分の生い立ちから話し始めた。

普通の貴族の感覚だと体が弱く跡取りが産めない場合、離縁される。もしくは法的には妾（めかけ）という扱いになるが、第二夫人や第三夫人を娶（めと）り、そちらに跡継ぎを産ませる。ただし妻の方が正当な血筋の場合は、家系をさかのぼり、血の近い家の子供と養子縁組して跡継ぎに指名することが多い。

だが私には親類がいないので、たぶん祖母には養子縁組できるほど血が近い者がいなかったのだろう。

「弟はなんとか無事に生まれたが、母はその後さらに体を弱くして亡くなられた。祖父はその悲しみもあったんだろうね。弟を立派な伯爵にすると宣言し、期待を弟へ一心に向けた。私は忘れ去られた長男となり、弟が生まれてから数年経ったある日、誰もいない部屋で静かに心臓の鼓動を止めたんだ」

「えっ？」

鼓動を止めた？

鼓動が止まるということは、それは死を表す。しかし父は生きている。さえぎるつもりはなかったが、私は思わず声が出た。そんな私に対して、父は苦笑いをする。

「変だと思うだろうけど、間違いなく一度止めたんだ。そしてもう一度動き出した。その時奇跡が起こって、最低限動けるだけの体と、異常な記憶力を得たんだ。私はその日からこれまでのできごとを、何一つ忘れることができない」

父が言わなければ、冗談かと思っただろう。それぐらい突拍子もない話だ。でも父がそんなほら話をミハエルにする理由はない。

「北部では氷龍を飲むと健康で強くなれるという迷信が信じられていて、カラエフ領のような雪深い地域は討伐した氷龍を飲むのが伝統になっている。そんな北部生まれの人間は他の領地の者よりも身体能力が若干高い。そしてその中でも、時折ひと際身体能力に恵まれた者が現れる。周りの領地との違いは雪が深いことだから、この身体能力の高さは雪で鍛えられたが故だと思われている。しかし私はこの氷龍の飲食が何らかの関係をしていると思っている」

確かに私も身体能力に恵まれている。でもそれは、雪かきで鍛えられているからだとずっと思っていて、氷龍の飲食と結び付けたことなんて一度もなかった。正直考えすぎではないかと思うぐらいだ。

でもそれを言う前に父は話を続けた。

「そして北部の者でも、ひと際身体能力に恵まれた者は、生まれつきではないんだ。私が知る限り……一度死にかけた者のみが得られる。ただしそんな身体能力を持つことなく命を落とす者が普通で、まだ何処に条件があるのか分からない」

死にかけた者のみが得られるというのは、なかなかに穏やかな話ではないし、にわかには信じられない話だ。

「義父上の知り合いだと、どなたがそれに該当するのですか?」

ミハエルの質問で、父だけではないのかと思い至る。

「バレリーノであるボリスラフという名の青年、庭師であるキリル、そして私だ。まあ、私の場合はそもそも動けない体だったため、普通の人と同等の動きができる程度にしか回復はしなかったけれどね。その代わり記憶力が人よりもよくなった」

確かに今の父は体が弱くても寝たきりではないし、記憶力は私が知っている人の中で一番いい。

そしてボリスラフやキリルが、周りよりも高い身体能力を持っていることは確かだ。そう言えば、ボリスラフは仮面をつけて生活しており、以前大きなやけどを負って死にかけたことがあると言っていた。キリルもまた顔に傷があり、何か大きな怪我をしている可能性はある。

ただし、該当者がたった三人となると、本当にそうだと言い切りにくい。多分これまでカラエフ領でそういう人がいたという伝承か何かがあり、そういう仮説を立てたのだろうけれど……。

「その……ずっと気になっていたのだが、秋にカラエフ領へ来た時、イリーナの動きが結婚する前よりも良くなっているように思ったんだ。もしかして里帰りする前に死にかけるようなことはなかったかい？　それほど昔の話ではなく、ここ一年ぐらいで」

死にかけるようなこと？

突然言われた言葉に首を傾げる。そんな物騒な記憶はあいにくと私にはない。確かに神形の討伐や王女の護衛など、危険なことはしていたけれど。

「……そんなことなかったと思いますけれど？」

「えっ？」

私が父に返答すると、隣からギョッとした声が上がった。ミハエルが信じられないものを見るような顔をしているため、私は慌てて過去を振り返る。しかしそれらしいことが思い浮かばない。

「あの……何かありましたっけ？」

「俺とイーシャが再会した、去年の冬！　あの時イーシャは凍死しかけたよね？　凄く心配したんだよ」

凍死？

再会したということは、たぶん私がバーリン領に出稼ぎをしに行った日のできごとだろう。

「頭を殴られて出血して、低体温になって死にかけていたって、ニキータさんの前でも説明したよね？」

ピンときていない顔をしている私のために、ミハエルが説明を追加する。頭を殴られてという言葉でようやく私も思い出した。

「あー……ありましたね」

花瓶で殴られた場所にそっと手を持っていく。しかしすでに傷跡も何もなく、綺麗に治っている。

「でもすぐに治ってしまうぐらい大したことがない怪我だったので……その、つい……記憶から抜け落ちるといいますか……」

ミハエルがとても大真面目な顔をしているので、私はそっと目をそらす。一日寝たぐらいで治ってしまう程度だったのだ。死にかけたと言われても、あまり実感が湧かない。

「えっ。あの時の怪我、そんなに酷いものだったの？」

ミハエルの言葉に両親がはっとした顔をする。母は先ほどまでは平然としていたのに、顔色を悪くしていた。青い瞳が、心配そうな色をしている。

そのことに、私はあの時どんな説明を二人にしただろうかと思い返してみるが、それよりも大変なことが多すぎて、ちゃんと説明した記憶がない。

「イーシャ。ご両親にちゃんと説明をしなかったのかい？」

「わ、わざとではないのですが……すみません」

ミハエルの呆れが混じった声に、縮こまるしかない。

「話を戻すけれど、イリーナはすでに条件を満たして身体能力が高くなっていると思う。死ぬような怪我をした後、身体能力が高くなった実感はないかい？」

「確かにミーシャと婚約する前より、色々できるようになった気がしていました。けれどそれはミハエル様を助けたいがために、体が限界のその先へと強化されたのだと思っていました」

春に大型の水の神形を退治した時は、ハンマーを持って動き回ったのに最後まで体力が切れることがなかった。いつもならば、あそこまでの持久力はなかった気がする。

でもあれは死に直面していて、さらにミハエルの命もかかっていた究極の状態だ。私はがむしゃらで、だからこそ、いつも以上に動けたのだと思っていた。

「いや、そんなわけないよね？　でもそう言えば、俺はイーシャが凍死しかける前の実力は、実際に見たことがないかもしれないな……。武官を一人回し蹴りで倒してはいたけれど……、いや、あれだけでも女性としては普通以上のような？」

「元々イリーナは高めの身体能力を持っていたからね」

ミハエルは混乱したように呟き、それを父が分かると言うかのように、うんうんと頷く。でも待って欲しい。回し蹴りで武官を倒したというのは、ミハエルを陥れようとしたブラックリストに載っている武官を倒した時の話だと思う。でもあれは、相手に不意打ちをしたからできただけで、正々堂々と倒したわけではないと言いたい。

「でも最近は、異常だ。元々はハンマーを振り回しながら雪山を登っても息切れ一つしないような体の作りではなかったはずだよ。後、イリーナが言った通り、人間はとっさの時に一瞬だけ本気を出して普通ではない動きをすることもある。だからミハエル君のためにいつも以上の動きができたということもあったかもね。でもその状態がずっと続くわけじゃない。常に全力では、体の方が持たないからね」

父は見てないのに、なぜ雪山でハンマーを振り回していたことを知っているのか。あ、でも一人で討伐をしていたわけではないのだから、もしかしたら私兵団団長のレフやキリルが報告したのかもしれない。特にキリルは父の命令に忠実だし聞かれればすべて報告しそうだ。

私が討伐でキリルの実力を知ったのと同じように、キリルもまたこちらを見ていたのだろう。

「だから、その、イリーナがいくらミハエル君のことが好きでも、それだけでずっと普通以上の力を出し続けるのは無理なんだ。分かるかい？」

「あ、はい」

父に諭されて、私は反射的に頷いた。

でも頑張れば、信仰心でいけそうな気がしたのだ。というかそれ以外の理由が思い浮かばなかったからでもある。

「そして今話した通り、身体能力を上げる条件として死にかけることが挙げられるけれど、死にかければ必ずその能力が得られるわけじゃない。もしも条件がそれだけならば、もっと沢山その条件に当てはまる人がいるはずなんだ。でもそうではない。つまり、神形の飲食を行っていることと、死にかけること以外にも何らかの要因があるんだ」

確かに神形を食べて死にかけるだけならば、北部にはもっと異常な身体能力を持つ者がいてもいいはずだ。神形の討伐で命を落とした人が、神形を飲食したことがなかったとは思いにくい。少なくともカラエフ領ならば、討伐が終われば飲むのが普通だ。

「もしもこの現象を解明する研究をしたいと思う人物が現れたとしたら、北部出身の人間はとても危険な状況に置かれる。死が関係する限り、その実験は非人道的なものになるだろうからね。だからもしも探られても、イリーナはこれまで通り、話してはいけないよ。……それこそ、信仰心が強いから強くなったのだと言い切った方が安全だ」

「あの……言わない方が安全ならば、なぜ伝えたのですか？」

言わなければ私はきっと、『ミハエル教は凄い』で終わっていたと思う。実際今の今まで気が付かなかったし、今後気が付く可能性も低いように思う。

「……イリーナの子供にどう影響するか分からないからだよ」

私ははっとして、自分のお腹に手を当てた。子供に影響？

「私が異常性を発現させ、イリーナもまた発現した。アレクセイはこの先どうなるか分からないが、元々彼も一般的な北部の者と同じで、身体能力は恵まれている。だから伝えることにしたんだ。もしもの時に、最善を考える手助けになればいいと思って」

確かに、子供の成長がもしも周りと明らかに違ったら。

私達は戸惑うことになっただろう。そしてこのことに感づき研究したいと考える人が現れたら……。

「この事実を知っている人はいますか？」

「妻とボリスラフとキリル、そしてニキータ、それからイザベラ様……ソコロフ伯爵は知っているよ。あとは、グリンカ子爵が感づいているかな……」

「グリンカ子爵だって⁈」

ミハエルが驚きのあまり、大声でその名を繰り返した。

私も神形に異常な執着を持ち、研究者だと自称する人物の名前が出てきたことにギョッとする。

それはつまり一番知られてはまずい人物に気が付かれてしまっているということだ。もっとも、あれほど熱心に神形を調べているのだから、気が付くタイミングはいくらでもあるのかもしれないけれど。

「あ、ああ。でも、安心して欲しい。彼は体を損ねる実験をするのはもったいないと感じているようで、観察に留めているから。そうでなければ、私が最初に切り刻まれていただろうね……」

「えっ……それもどうかと」

父は遠い目をしていた。

切り刻まれるのも嫌だけれど、観察されるのも微妙では？

でも父の言葉で、グリンカ子爵の嘗め回すように私やアレクセイを見る、ぶしつけな視線がふと脳裏をよぎる。あれはそういう理由だったのか。

確かに見ているだけならば何もされてはいないので、無害なような、そうではないようなな……。少々判断に悩むところだけれど、彼の知識は役立つ時もあるので、一概に悪とは言い切れないような？

「それに彼も、このことは広まらないように動いてくれているんだ。他者に私が切り刻まれるのは我慢ならないらしくてね……」

いい人というにはグリンカ子爵はぶっ飛びすぎている人物だ。我慢ならないというのも倫理的にではないのが分かり切っている。

何処まで信頼していいのだろうか……。

「心配しなくても大丈夫だよ。これに関する実験はしないで欲しいと頼んであり承諾してくれているからね。ただ、イリーナを嫁にと言い出した時は、カラエフ領を出禁にしてしまったけれど」

「それは本当にありがとうございます」

十歳で、実験動物のように扱いそうな男に嫁ぐのは、今まで想像していたどれよりも最悪な結婚である。弱気な父が強気に出てくれて本当に助かった。

「ヴァーニャはね、イーラの結婚相手に凄く頭を悩ませていたのよ。もしもイーラに何らかの異常性が出た時に、それを受け入れてくれる相手かどうか、さらにイーラを守りきれるかどうかとね」

母はくすりと笑いながら父を見る。

普通貴族の子供の結婚は領地や家にとって意味があるかどうかを真っ先に見る。その上で、子供ができるだけ不幸にならないように考えるものだ。しかしこれだと、父は何よりも私にとって望ましい結婚ができるかを考えてくれていたということになる。

「もしも能力が発現した時にイーラを拒絶したり、その事実を言いふらしたり、ましてや実験動物扱いするような相手と結婚することになっては困るでしょう？　本当は普通の女の子のように社交デビューさせてあげたかったのだけれど、あれは結婚相手探しの場でもあるから慎重にならないといけなかったの。断り切れない相手に目を付けられるわけにはいかなかったから」

「えっ。貧乏だから社交デビューしなかったのではなかったのですか？」

社交デビューというのは、別に王都でなくてもできる。多分イザベラ様に頼めば、彼女が主催したパーティーに呼んでいただけただろう。

でもそれすらなかったので、我が家の経済状況ではドレス一枚買えないために社交デビューできないのだと思っていた。

「借金があって貧乏ではあったのは間違いないけれど、娘を社交デビューさせてあげられるぐらいの甲斐性(かいしょう)はあるわよ。王宮から招待状も娘を連れて出席して欲しいとよく届いていたしね。でもイーラが不幸にならないよう、慎重になるしかなかったの。普通のことをさせてあげられなくてごめんなさい」

私だけではなく、私が産む子にも影響があるかもしれないと考えれば、好き勝手に自由恋愛をして結婚するのはかなりの賭(か)けになってしまう。

父も母も慎重になるわけだ。

両親はずっと私の結婚相手は父が決めると言っていたので、領地のための結婚をしなければならないのだと思っていた。だからミハエルと婚約するまでは、どんな相手でも傷つかないように最悪の結婚を想像するようにしていた。でも実際は私のための最善を選ぶために、父が選ぶと言っていたのか。

「いいえ。これまで私を守って下さってありがとうございます」

出稼ぎをしたり、家のことをしたりと自分だけの力で生きてきたと思っていたけれど、そうではなく、私は守られていた。

私が心からお礼を言うと、父達は困ったように笑った。晴れ晴れとした笑みにならないのは、きっともっと他にいい方法がなかっただろうかという後悔があるからな気がした。

「申し訳ないがこの後、もう少しミハエル君は私と二人だけで話をしてもらえないだろうか？」

「ええ。いいですよ」

どうやらまだ父は話さなければいけないことがあるらしい。

私と母が席を立つということは神形のこととかだろうか？　ミハエルは武官なので何か機密的なことを話すのかもしれない。

「イリーナ行きましょう？」

「はい」

どんな内容なのか気になったが、母に退室を促されて、部屋から出たのだった。

とんでもない話が出てきた。

俺もイーシャの身体能力が周りより明らかに高いのは気が付いていた。そのことにこれまで助けられてきたのだから俺が一番分かっているつもりだ。

でも結婚前からイーシャは臨時武官で働いていたり、こっそり侯爵令嬢の護衛をやっていたりと、とんでもない過去話が沢山あったので、元々身体能力が異常に高い女性なのだと思っていた。それが再会したあの時に死にかけたことが原因だなんて、ちらりとも考えたこともなかった。

あまりにも現実離れした話なため、本当に義父が言っていることは正しいのだろうかとは思う。とはいえ、こんな夢物語のような嘘（うそ）をつく利点は思いつかない。だから少なくとも義父はそうだと思っているのだ。そして俺もまた彼の記憶力などから、真実に近い話なのではないだろうかと思っている。

さて、とんでもない話ではあったが、ひとまず話の区切りはついたと思う。そんな中イーシャと義母が退席し俺だけ部屋に残されたわけだが、今度はどのような秘密の話題が出てくるのだろう。そう思い義父を見れば、彼は土気色の顔をしていた。額に脂汗がにじんでいて、どう見ても体調が悪そうだ。

「大丈夫ですか？」

「あ、ああ」

「体調が悪いようでしたら、また後日に時間をとりますが……」

まだ水の神形の討伐が終わらないので、忙しいには忙しい。それでも時間の取りようはある。しかし俺の提案に、義父は小さく首を横に振った。

「いや。悪いが、このまま話を続けたい。どうしても過去を思い出そうとすると、記憶の量が膨大になってしまって、記憶に酔って、頭痛と吐き気がするんだ。日付をずらしても、同じように思い返すのならば同じだと思う。それとできれば、王に謁見する前に身内の恥とイリーナについて君に話しておきたい」

「分かりました」

すべてを記憶し続けると思い出すのも大変なことのようだ。

確かに沢山書かれた姿絵の中から、十年前のものを選び出せと言われたらとても苦労するだろう。

うらやましい能力だと思ったが、実際にそれを手に入れたとしたら、とても生きにくいことになりそうだ。

「身内の恥とイリーナのことは話が繋がっているから、まずは恥の方から順番に話そうと思う。私が伯爵を継ぐ前に起こった大規模な冷害の発端は、弟が氷龍の討伐を怠ったことから始まっている。これは前王もお知りのことで、現王にも話は通っている。弟の罪は爵位返上すべきものだったが、カラエフ領を潰せば毎年あの冷害が起こる。だから弟と前伯爵である父が死んだことにより罪は払われたとし、私がカラエフ伯爵を継ぐこととなった」

うっすらとそうではないかとは思ったが、過去の大規模な冷害の始まりについては一切武官内では出回っていない。前王が握り潰したのだろう。この国の北部は人が住めない場所もあるため、カラエフ領は最北と言っても過言ではない位置にある土地だ。さらに毎年氷龍を討伐していかなければならないのだから、爵位の返上ではなく、継続して統治させることの方が罰になるとしたのだろう。

「ただ弟は大罪人だが……哀れな被害者でもあると私は思っている。弟は王都で学校に通っている未成年の時に、異国人と関わりを持った。友人だと気を許してしまった彼らにそそのかされて、氷龍の討伐を怠った。その罪を犯した年、父が病を患っていたから、爵位を継いだばかりの弟は色々と焦ってしまったのだろう。しかし父の病は、異国人が弟に異国の希少な酒だと言って渡した毒酒を数年飲み続けたことによるものだった」

「は？」

引き起こしたのが異国人によるそそのかしのせいで、さらにその父親の死因が、異国人が持ち込んだ毒酒だって？

とんでもない話に俺は茫然とする。それが本当ならば、それはもう異国からの侵略だ。

「えっと、毒酒とはどのようなものですか？」

「そのまま毒のみを飲めば気が付くと思うが、少量を混ぜられた上に香料で誤魔化されていた。飲み続けると神経に異常をきたし、視力低下や幻視が起こるんだ。弟が死に、私がカラエフ領へ戻った時には、父の目は毒酒にやられほとんど見えていなかったと思う」

義父は苦しそうな顔をした。彼の頭の中には当時の父親の姿が色あせることなく残っているのだろう。

「今回の冷害も同じようなことが起こっていると思うから、調べてみるといいよ。話を戻すが、父が病に倒れていたため、余計に弟は自分のしでかした罪に気が付くことに遅れた。そして取り返しのつかない状態になった時、責任を感じて氷龍の討伐の最前線に出ると決め、無茶をして命を落とした。弟も身体能力に恵まれてはいたけれど、まだ学校を卒業したばかりだ。討伐経験は浅く、群れた氷龍の討伐に関しては初めてだったから荷が重すぎた」

俺も十八で武官の仕事についたけれど、入ったばかりの時に群れた氷龍の討伐ができたかと聞かれたら否だ。今ですら群れた場合はかなり難しい討伐なのに、新米がいきなり最前線で何かできるとは思えない。

でもそうしなければいけないぐらいに追い込まれていたのだろう。

「これは私の罪でもある。私は若い弟を支えてやらなければいけなかったんだ。討伐ができなくても、領政の相談には乗れたし、討伐に知恵を貸すこともできた。でも年上の私がいては弟も領主としてやりにくいだろうと言い訳し、私は王都に逃げたんだ」

基本的に爵位は長男が継ぐものだが、長男に問題があれば弟に渡ることもある。兄が爵位に付けば、弟はその補佐に回り、もしもの時の代理となるので領地に留まるものだ。しかし逆の場合は、問題がある長男はもめごとを起こさないよう家を出ることが多い。だから義父が家を出て、王都で生計を立てていたことは何ら問題ない。

でも兄弟が二人しかおらず、弟を補佐する人間がいなかったことで、義父は罪悪感を抱えたのだろう。

「弟の訃報を聞き、私がカラエフ伯爵になるよう要請が来た時、私は私の罪を清算するため一人で領地に行こうとした。カラエフ領は雪しかないからね。あんな閉ざされた世界に妻達を連れていってはいけないと思ったんだ。でも私の隣が居場所だと言って、妻はついてきてくれた」

先ほど、義父は長く寝たきり生活だったという話をしていた。義父にとって、カラエフ領は憂鬱(ゆううつ)な場所だったのだろう。そこに最愛の人を連れていきたくないという気持ちは分かる。俺が危険な場所へイーシャを連れていきたくないと思うのと同じだろう。

「そのことはとても嬉しかったよ。でも、すべてが上手くいくはずもなかった。すでに氷龍が暴れている地域に行くのだから当然雪は深くなっていて、進むのも困難だった。その頃(ころ)の妻のお腹にはすでにアレクセイがいて、彼女は無理をしたことによって早産をしかけた。だから途中で妻の友人であるイザベラ様を頼り、妻を預けたんだ。もう王都に戻ることもできなかったからね。そして二人の命がかかっている状況下でイリーナまでお願いするわけにはいかず、イリーナだけは私がカラエフ領に連れていった」

お産は命がけだ。しかも早産しかかっているならばなおさらだろう。年齢差を考えるとイーシャが三歳か四歳ぐらいの話だ。まだまだ手がかかるイーシャを危機的状況にある妻には預けられなかったのは当たり前だ。

「何とかたどり着いたカラエフ領は、酷い惨状で、私は常に私兵団の駐屯地に滞在し、指示を出し続けるしかなかった。だからイリーナは父と一緒にカラエフ伯爵邸で過ごすことになった。……イリーナにはとても可哀想(かわいそう)なことをしてしまったと思う」

「何があったのですか？」

普通は祖父と暮らすことを可哀想とは言わない。でもこの時の祖父は毒酒により病を患い、目も見えないような状況だと言っていた。

「実を言えば私も、詳しくは分からないんだ。その場についていてやれなかったから。分かるのは、父がイリーナに歪(ゆが)んだ思想を植え付けたことだけだ。領地のために必要なのは男児で、イリーナは不要な存在で、妻がお産で苦しんでいるのはイリーナが女だったからだと。さらに領地の役に立たなければ必要ない子供だと……イリーナはそう思い込んだ。父は幻覚が見え、かなり精神的に参っていたからね。父がイリーナに対して行った教育は、自分がままならない八つ当たりも入っていたのではないかと思う」

義父は一度ため息をついた。できるだけ感情的にならないように怒りを逃がしているようにも見えた。

「……最終的に父は、食い扶持を減らすために自死を選んだ。役に立たないから自死を選ぶのだと父はイリーナに言ったのだろうね。自死するところを見ていたイリーナの心には、無価値な自分は役立たなければ生きる価値もないという考えが呪いのように刻まれてしまった」

「イーシャの祖父は病死ではなかったのですか？」

「病死だよ。心のね。イリーナはそれ以来強迫観念にかられ、父の瞳の色だった灰色の瞳に怯えるようになってしまった。ただしあまりに強い衝撃すぎたためかイリーナは父が目の前で自死したことを忘れたんだ。だからイリーナが思い出さなくてもいいように、病死と周りにも公表している」

何とも救いようのない話だ。

幼いイーシャはどれほどの恐怖を味わって、どれほど傷ついたのだろう。

「それ以来、イリーナは内向的で自罰的になってしまった。でも君と出会い、イリーナはいい方向に変わった。まあ、少々、行きすぎて突っ走るようにはなってしまったけれどね。去年も婚約者の名前が君だと伝えたらイリーナがどう動くか分からなくて、雪で移動ができなくなってから伝えようと思ったんだ。まさか伝える前に婚約者の家に出稼ぎに行ってしまうとは思わなかったよ……」

「ははははは」

あれは俺もびっくりした。

でもあの時間があったから、俺はイーシャがどんな子なのかが分かったし、悪いことばかりではなかったと思う。もしもイーシャの性格を知らず、結婚当日に顔合わせとなったらどうなっていたか……。これまでの彼女の行動を考えると、すんなり結婚できたとは思えない。

「でも結婚して、君がイリーナと上手く付き合ってくれていることに、本当に感謝しているんだ。イリーナは今も自分以外の何かを守るために限界以上に頑張ろうとしてしまうから、これからもイリーナの弱さを支えてあげて欲しい。きっと子育てをするようになれば、自身のいびつさに戸惑うこともあるだろうから」

「言われなくても、俺はイーシャを支えますよ」

イーシャが妙に自己肯定感が低い原因が分かった。幼い時に負った心の傷が原因なので、これはなかなか治らないだろう。でもそれも含めて、イーシャはイーシャで、俺の愛すべき妻だ。

「ありがとう」

義父は一度深く頭を下げた。そして背筋を伸ばして頭を上げる。その表情はいつもの自信なげなものとは違った。

「……その代わり、君がイリーナを守ってくれる限り、カラエフ伯爵家はバーリン公爵家の傘下に入ります。そして現王太子を応援するというのならば、僅(わず)かばかりですが力添えをしたいと思います」

義父が、義父としてではなく、カラエフ伯爵としての言葉を発した。以前この国の王と北部は、繋がりが切れかけていると聞いたのを思い出す。北部の要ともいえるカラエフ伯爵のこの言葉はとても重いものだ。

「これまで私は自分が伯爵位を受けることに納得はしておりませんでした。ただ弟への贖罪(しょくざい)で仮の領主をしている心構えで統治をしていました。最低限のことだけをして、舞踏会などの招集もすべて断っていました」

カラエフ伯爵を舞踏会などで見たことはなかった。貴族の間では、舞踏会に参加できないほど困窮しているのだと言われていた気がする。でも義父はどうやら、明確な意思を持ち不参加だったようだ。不名誉な噂が流れても一切無視をして。

でも今回、初めてカラエフ領から出てきた。俺の幼馴染(おさななじみ)である王太子の結婚式の披露宴パーティーに出席するために。

「しかしこの度、数年前と同じ大規模な冷害が起こったこともあり、もしも私の力が必要だというのならば、その時はご協力します」

義父は立ち上がると、俺の前に膝(ひざ)をつき忠誠を誓う。

イリーナとの婚約が最大の政略結婚と言った父の言葉にはとても微妙な気分にさせられたけれど、その理由を理解した。氷龍が暴れる北部が協力してくれることがこの国の安定には欠かせず、そしてその協力を得るためには、北部で信頼されているカラエフ伯爵を領地から連れ出すことが必要なのだ。

　そしてイリーナのために義父は動いた。

「ありがとうございます。その時はよろしくお願いします。この国が揺れれば、イーシャとその子供を幸せにすることができませんから」

　次期公爵として、そして期待された婿として、俺は腹に力を入れ、カラエフ伯爵の言葉を受け取った。

　お父様、ミハエルに無理難題を言ってはいないよね……。

　仕事のことなのか神形のことなのか。気になるが、母は子供服について話しましょうと私が考えないように別の話題をふってくる。母の話は実際にこの先必要になるものなので、ぼんやり聞いていられないものばかりだ。

「赤ん坊はなんでも口に入れてしまうから、可愛いけれどボタンなどは使わない方がいいわ。とれたものを誤って飲み込み喉に詰まらせてしまったら大変だから」

「そうなのですね」

「あとできるだけ肌触りがいいものがいいし、よだれが常に出て肌が荒れてしまうから何枚もよだれかけがあった方がいいわね。ただこれは個人差があって全然よだれが出ない子もいるし、不思議よねぇ」

　公爵家なので業者に頼んでしまうこともできるが、よだれかけぐらいなら作れるし、こうして欲しいなどの要望は言えるとオリガが言っていたのでとても貴重な情報だ。

「よだれかけの作り方は分かる？」

「はい、一応は。でも一度ちゃんと教えてもらってもいいですか？」

　赤子のことは知らないことばかりだ。私だけでなく公爵家の使用人が面倒を見てくれると分かっているけれど、でもできれば子供のためにできることはしたいなと思う。

　そんなやり取りをしている時だった、玄関の扉が慌ただしく開かれる音がした。まだエミリア達が帰ってくるには早い時間なので、何事かと私は慌てて立ち上がり玄関へ向かう。

　慌ただしく向かえば玄関ホールには、キリルに荷物のように小脇に抱えられたエミリアがいた。あまりの状況に私は慌てる。

「エミリア、一体どうされたのですか？」

　今小脇に抱えられたのではなく、しばらくその状態でキリルが走ってきたのだろう。エミリアの顔は血の気が引いて紙のように白い。キリルに地面におろされるが、上手く足に力が入らないのかその場で膝をつきそうになったのを見て、私は慌ててエミリアに駆け寄り、体を支えた。

「……ごめんなさい。何処かに座ってもよろしいかしら。ふわふわする上に、足に力が入らないの」

「はい。大丈夫です。オリガ、悪いけれど先ほどの部屋にお茶の準備をしてくれる？」

「かしこまりました」

私と同じで音に気が付いたオリガが玄関に来てくれたので、私は彼女にお茶の準備を任せる。とにかくエミリアは少し落ち着いた方がいいだろう。彼女の体を支えながら、私は部屋へ移動した。よほど恐ろしいことがあったのだろう。エミリアの手は震え、体も冷え切っている。

「キリル、何があったのかしら？」

エミリアをソファーに座らせてから、母がキリルにたずねた。エミリアと違い、キリルには動揺が見られず、出かける前と同じで平然としている。

「先ほど散歩の途中で銃撃されました。そのため、急遽(きゅうきょ)追っ手をまくための道を走り、こちらに戻りました」

「銃撃ですって?!　ちょっと、ヴァーニャ達を呼んでくるわ」

母は話を聞くやいなや、慌てて父とミハエルを呼びにいく。

それにしても銃撃なんて……。

いくら王都が田舎(いなか)に比べて物騒とはいえ、銃撃事件はほとんど聞かない。むしろ田舎の方が、動物と間違えて猟銃で撃ってしまったという事故が起こりがちだ。

そんなことがあれば、エミリアが顔色を悪くするのは当たり前だ。

私はエミリアの隣に座り、彼女の手を握る。少しでも恐怖が消えればいいのだけれど……。

「大丈夫ですか？」

「ええ。ごめんなさい。取り乱してしまって」

「いえ。銃なんて向けられたら、誰だって取り乱すと思います」

私だって冷静でいられるか分からない。むしろとっさにエミリアを小脇に抱えて、追っ手をまいたキリルがずば抜けて有能なだけだ。

少しすると、バタバタと足音を鳴らして父とミハエルが部屋に入ってきた。父はすでに死にそうな顔になっている。銃撃されたエミリアよりも顔色が悪いってどういうことだろう……。でも父なので気を失っていないだけよかったと思っておく。

「い、今、リーリヤから聞いたのだが……、キリル、その、何があったか詳しく話してくれないか？」

「はい。ここから数百メートル先の商店街手前の歩道を歩いている時に突如狙撃されました。離れた場所からの狙撃でした。かろうじて目視できる程度に距離が離れていたため、声は拾えませんでした。相手の国籍は不明で顔を隠しておりました。人数は二人。性別は骨格からしてどちらも男だと思われます。年齢は推定三十代。エミリア様を遠くから護衛している者が、狙撃者の方へ移動しましたので、自分は犯人確保より警護者安全を優先させました。犯人がこの場所を特定できないよう遠回りし、屋敷まで戻りました」

キリルは冷静にあったことを話す。……父の話だとキリルも神形の飲食により身体能力が高い人らしい。でもとっさにこれだけの情報を得た上で逃げ切ったのだから、過去に何か訓練でも受けていそうだ。なんというか、慣れている。

普通は人を小脇に抱えて走れば悪目立ちすると思う。でも追手をまいて戻ってきたというのだから凄い。

「……あの狙撃は、私を狙ったのだと思うわ。護衛中の武官が犯人を取り押さえてくれていればいいのだけれど……武官の中に狙撃者の味方がいないとは言い切れないし、どうかしらね」

「狙った？　たまたま何かに巻き込まれたのではなく？」

「銃口の向きから、彼女を狙ったものだと思います」

「一体誰に……」

武官のことを信用しきれないエミリアは曇った顔をする。ミハエルもそんなはずがないとは言わなかった。

「さあ。ただ少なくとも私はこの国全員に歓迎されているわけではありませんし。だから四六時中、王宮であっても監視……いえ、護衛されておりますわ」

「それは……」

エミリアは自嘲するような笑みを浮かべた。

ふと、ディアーナ達がお茶会で聞いてきた悪意ある噂を私は思い出した。噂した女性が狙撃したり殺しを依頼したりするとは思えないので、お茶会の誰かがやったわけではないだろう。でもその噂の大本の出どころと繋がっていそうな気がした。

「それでも歓迎する人もいるから、この国にいるのでしょう？　さあ、オリガが飛び切り美味しいモルスを持ってきてくれたから、飲んで少し落ち着きましょう」

母がそう言うと、遅れて部屋に入ってきたオリガが、クランベリーのモルスが入ったグラスを皆に渡した。

落ち着くため私も含め、皆それを飲む。

「誘拐の危険は考えて行動していたけれど、まさか人目がある町中で銃撃されるとは思わなかったわ。もう少し頑張りたかったけれど……流石にこれ以上の迷惑はかけられないし家出は終了ね」

エミリアがさらわれる可能性を考えて行動していたこともびっくりだけれど、私だって町中での銃撃が起こるなんて考えたりしない。いくら田舎に比べて王都の方が、治安がよろしくないとしても、銃弾が飛び交うような戦地ではないのだ。

この危険が迫った状況で、エミリアが家出を断念するのはもっともでもある。

「焦って結論を決める必要はないと思うわ。こんな騒ぎが起こったのでは心の整理もできていないのではないの？」

確かに整理するために散歩に行ったのに、そこで銃撃されたのだ。心の整理は全然できていないだろう。

しかし安全を考えれば仕方ない気もする。あえて戻るのを止めるような母の言葉に、私は心配したが、母はエミリアの心の奥底まで覗こうとするかのように、真っ直ぐに彼女の目を見ていた。

「でも私は、王女よ。……だから、ちゃんとその責任は果たさないといけないわ」

「私は戻ろうと思うのと、戻らなければいけないと思うのは少し違うと思うの」

母はそう言って穏やかに笑った。

「もちろん【しなければならない】をすることも必要ね。でもまだ猶予はあるのでしょう？　なら折角始めた家出だもの。せめて心の整理をして戻ろうと思えるまで、もう少しだけ羽を休めていいと思うわ」

母の言葉にエミリアは泣きそうな顔をした。

殺意まで向けられて、怖くないはずがないのだ。王宮も常に護衛され監視され続けているということは、きっとエミリアが心から休める場所ではないのだろう。だからこその家出だ。それでも今、家出をやめてそんな場所に戻ろうとするのは、王女としての責任感からだ。

「そもそもこの国で命を狙われているのなら、それを解決するのはエミリアを求めた旦那の役目ではないかしら？　エミリアが母国からこちらへ来たのは、旦那が要望したからでしょう？

なら、最低限、身の安全を守る義務があるわ。そしてここにいる限りは、我が家の凄腕庭師、キリルが守るわ。彼は害虫駆除も得意なの」

いや。確かに役職は庭師だけれど、護衛云々の話で庭師を強調されるとなんだか微妙だ。そして母がいう害虫ははたしてどちらの意味か……。

なんにしろ、キリルの腕は確かだし、銃弾が飛ぶ中を担がれて怪我一つなく帰ってきたエミリアもそれは理解しているだろう。母の言葉にエミリアは少しだけ力を抜いた表情をしてくすりと笑った。

「ですが、いつまでもエミリア王女が不在だと、王宮で困ることはないでしょうか？」

ミハエルは母の気遣いに対して水を差すような意見を言った。

エミリアを想ってエミリアの決意に対して意見した母の言葉は間違っているとは思わない。しかしミハエルが心配するのもたしかだ。お茶会では王太子との不仲説まで出てきていた。あまり不在期間が長いと、エミリアを陥れようとする相手の思うつぼな気がしてならない。

私だってエミリアにはちゃんと落ち着いて考えられる時間をあげたい。でも不仲説がこれ以上広まるのは結婚式を前にしてよくないのではないだろうか。

「ミハエルが言うことも一理ありますわね。でもそれなら、私によい考えがありますわ」

エミリアは先ほどまでとは打って変わり、にんまりと笑みを浮かべミハエルを見たのだった。

四章：出稼ぎ令嬢と王女の影武者

人生、何があるかは分からない。

いつものイーシャが大好きな銀とは違う、顔の横に見える長い金色の髪を指に絡ませながら、俺は思う。

ふざけるなよ、ちくしょぉぉぉぉぉ!!

「はぁぁぁぁ」

大声でこの世の理不尽を叫びたいけれど、それは心の中でまで。淑女の口からそんな言葉を出すわけにはいかず、出せるのはため息だけだ。

もうすぐ、俺、一児の父親なんだけどな。

それなのに、ドレスを着て、化粧を施し、金髪のかつらと顔が隠れる大きな帽子をかぶるとか……。イーシャは『女神……』と言って目をキラキラさせていたけれど、これが俺の仕事だと生まれてくる子供には絶対教えたくない。これで女装するのは何度目だろう。イーシャとエミリアはこれまでに俺が女装した姿を知っていたため大丈夫だと太鼓判を押した。

でも声を大にして言いたい。

俺の仕事は武官として神形を討伐することで、断じて女装することではないのだと。

それでも俺はエミリアに丸め込まれたイーシャにお願いされ、エミリアの影武者をしてお茶を飲んでいた。普段の妹達の動きをまねれば、あら不思議。立派な淑女の完成だ。くそったれ。

「エミリア、帰ってきてくれたんだね！」

バンと茶会の部屋が開かれ、そこには王子が立っていた。満面の笑みを浮かべていた王子は俺を見た後、静かにその扉を閉じ、ふらふらと俺の前の席に座った。

「はぁぁぁぁぁ」

「……せめてツッコミを入れてくれ」

騒がれるのはよくないことは重々承知だけれど、この格好に対して無視されるのも辛い。

「……よく似合っているよ」

「嬉しくない」

「だよな」

はあぁぁぁぁと二人でため息をつく。

そりゃ、ようやく家出した王女が帰ってきたのかと思えば、そこにいるのが女装した男の影武者だった場合、ため息をつきたくなるだろう。でもはっきり言う。俺は被害者だ。

「ミハエルが迎えにいってても帰ってこないなら、もう打つ手がない……」

「いや、自分で行けよ。王子の花嫁だろ」

というか、婚約者の迎えに代役を立てるな。

そもそも俺はエミリアを迎えにいったのではなく巻き込まれたイーシャを迎えにいったのだ。結局俺が女装して王女の影武者をして、王宮にいくことになったので、いまだイーシャは屋敷に戻っていない状態だ。子供がいる夫婦にこの仕打ち。酷すぎる。

「ミハエルが行っても駄目だったのだから、俺が行っても無駄に決まっているだろ？」

「はあ？」

何を言っているんだ？

俺はふざけたことを言う王子を見たが、彼は至極当然なことを言ったような顔をしている。本気でそう思っているのか？　なんで？

「俺が駄目だからって、そんなわけないだろ？」

「そんなわけがあるだろ。ミハエルが行ったんだぞ？」

「俺が行ったから、なんだっていうんだ」

「いつだって、ミハエルの方が俺よりも結果を出すじゃないか」

するっと王子から出てきた言葉に、俺は目を瞬かせた。俺より結果を出す？

王子の青い目を見れば、長年の付き合いもあり、その言葉が本気なのが分かる。王女を連れてこられなかったことに対しての嫌味とかではなくだ。えっ？　本気で自分より俺の方ができると思っているのか？

「何を言っているんだよ。そんなことないだろ？」

「……そんなことがあるんだって。悔しくないわけではないんだから、あまり俺に言わせるなよ。昔から一緒に過ごしてきたから俺はミハエルの優秀さをよく知っているんだ。周りの者も、ミハエルがやった方が上手くいくと思っているし、立場が逆だったらよかったのにと思っている者もいる。実際俺達の血筋は近いからな。歴史で何かが違えば、立場は逆だったかもしれない」

「何を言っているんだ。近くても王太子は俺じゃない」

誰が何を言っても、俺はバーリン公爵の息子で、王子――レオニードが王の息子で王子だ。だからレオニードは胸を張って、自分こそが王の息子だと笑い飛ばせばいいはずだ。でもそう思えなくなるぐらい、馬鹿馬鹿しい世迷いごとをレオニードに言ってくる奴がいたのだろう。

「俺はミハエルこそ王太子だったらよかったのにとずっと思っていた。俺はただ王の子として生まれただけの人間で、俺にできるのはせいぜい問題なくできていると見せかけるための虚勢を張ることぐらいだ。そのことを一番俺が知っているよ」

「……だからしょっちゅう、俺にばかり命じていたのか。自分よりも上手くできると思って」

簡単に俺を使うなと、レオニードによく文句を言ったなと思い返す。

レオニードは俺の文句に対して不敵に笑うだけなので、ずっとその本心は分からなかった。面倒だから仕事を押し付けてくるのだろうと思っていたぐらいだ。まさか自信のなさから、俺の方が上手くやれると思い頼んできているなんて思いもよらなかった。

俺の質問に対して、レオニードは無言で返事した。つまりはその通りなのだろう。

彼はいつの間にそんな卑屈なことを思うようになったのか。

「ミハエルが俺のことを疎ましく思っていることは知っている。俺だって、ミハエルの方が王に相応しいと――」

「ちょっと待て。イーシャは一人で十分だ。勝手にイーシャ化しないでくれ」

「イーシャ化？」

「人妻を愛称で呼ぶな」

「今の流れでそれは流石に理不尽だろう」

俺はとんでもないことを言い出しそうなレオニードを止めた。

「いいか。俺は王子が思っているほど凄い人間じゃない。イーシャといい、勝手に俺のことを神格化するな」

「いや、流石に神とまでは言っていないからな」

「どうだか。それから、イラッとすることはあっても、疎ましいとは思っていない。ちゃんと、王子だから俺は命令に従っているよ」

俺のことをいいように使うから、もちろんムカつくことはある。けれど嫌いで、王として認める気のない相手にここまで付き合うことはしない。

「でもミハエルが俺の名前を呼んでくれなくなって……。あれは俺と周りのために【王子】と【王子と仲がいい公爵子息】という役柄を演じてくれていたんだろ？」

「あー……悪い」

やっぱりバレていたか。

突然名前呼びを止めて王子と呼び出したら、馬鹿じゃないのだからレオニードも感づくだろう。でも始めた当初、俺はまだ子供だったため、彼をいたわれるほどの余裕がなかった。

「別に疎ましいとかそういうことではなくてさ。ほら、俺は公爵子息だから王子に対して一歩引けとか、何かやったら俺が責任を取れとか周りに言われたから、イラッとして。でもそれを表に出すわけにはいかないだろ？　周りは俺達が仲良くすることを求めていたから」

「……そうだな」

周囲の意見としては、仲良くした上で、俺がわきまえろというものだったと思う。俺がわきまえないことより、仲良くすることに重点が置かれているという空気を感じていた。

「でも苦言される度にイラッとはするから、それを表面に出さないようにしようと考えた時に【王子と仲がいい公爵子息】役を演じるという、ごっこ遊びを始めたんだ。別に今はそんな演技をしているつもりはないけど、今更呼び名を変えるのも気恥ずかしくてそのままにしていただけだよ」

まさかただ呼び名を変えただけで、そこまでレオニードに影響しているとは思わなかった。

「俺は王子……レオニードが努力しているのは知っているし、王太子としての重責を背負っているのも分かっているつもりだ。だから協力してきた。もしも嫌なら頼みごとだって上手く逃げて、手伝わないと思わないか？」

俺だったらすべては逃げられなくても、ある程度ならかわせることを分かっていると思ったんだけどな。でもこの分だと、俺はずっと演技をし続けていると思っていたのかもしれない。

イーシャと関わるようになって、ちゃんと口にしなければ相手に伝わらないこともあると分かっていたはずなのに。レオニードは幼馴染でおさななじみあまりに一緒にいた時間が長いから、俺は少し意思疎通に手を抜きすぎていたようだ。

お互いなんとなくは相手のことが分かっても、すべて察しきることはできない。

「レオニードは決して何もできない奴じゃない。それと、俺は君じゃない。俺の妻はイーシャで、エミリアの婚約者はレオニードだ。もしもエミリアが待っているとしたら、レオニードのはずで、君だけが彼女の隣に立つ資格があるんだ」

レオニードがどのあたりに俺に対して劣等感を持ってしまったのか分からない。きっと様々な要因からだろうし、それをいちいち確認していくのは大変だ。でもエミリアの婚約者が俺ではなくレオニードであることだけは揺るぎない真実だ。

「そもそも、俺はエミリア王女とは相性が悪いんだよ」

「えっ。お前になびかないような女っている？」

「その言われようもどうかと思うけれど、去年の春の護衛は大変だったよ。何を話せば気に入るのかもさっぱり分からなくて。さらにイーシャとの仲も邪魔されるし」

むしろなんでイーシャはあの王女と普通に付き合えるのだろうと思う。

俺の言葉にプッとレオニードが笑った。部屋に入ってきた時の暗い表情から、だいぶんと明るくなっている。

「そうか。彼女はミハエルでも制御できない女性なのか」

「いや、俺の周りの女性はそんなタイプばかりだぞ。妹も含めて」

「えっ。ミハエルの妹でも?」

レオニードと妹は面識があるので、驚いたようだ。二人とも、王太子の前では淑女の仮面をかぶっているからな。

「そう。ディディの婚約者もディディのご機嫌とりで大変な目にあっているし。言葉が足りなくて怒らせることもしばしばで、その度にバラを持参して告白しているよ」

アセーリャは婚約者と悪友みたいになっているから少し違うけれど、でも絶対将来振り回されるはずだと思っている。

「とにかく怒らせた時は、できるだけ早急に誠心誠意謝るのが吉だし、違うならちゃんと口で言わなければ伝わらない。人を介してなんてもってのほかだ。自分の言葉でちゃんと伝えた方が誤解なく話せる」

なんといっても、俺の妻は、斜め上に解釈していくのに定評がある。人を介さず、自分の言葉でちゃんと伝えても、ずれる時はずれる。でも話さなければ伝わらないのは分かる。

まあ、そんな面倒なところも含めて俺はイーシャが好きなのだから、俺はこれでいいのだけど。

「だからさ、レオニード。逃げずに頑張れよ」

話した感じだと、エミリアは最終的に責任感でここに戻ってくる。それで上手くまとまるのかもしれないけれど、たとえ政略結婚だとしても折角夫婦になるのなら、俺は少しでも力が抜ける関係になれるといいと思う。

そのためにはレオニードがエミリアに対して誠意を見せる必要があると思う。

「分かった。……ちゃんとプロポーズする」

「待て。プロポーズすらしてなかったのかよ。そこは政略結婚でもしておけよ。それが夫婦になる上での最低限の誠意だろ？」

「えへ？」

小首傾げて可愛子ぶっても、正直腹が立つだけでまったく可愛くない。

俺は今更なことを言い出したレオニードに深いため息をついた。

私は波の音を聞きながら、黒髪のエミリアの横に並び、町中を歩いていた。そのすぐ後ろでキリルとオリガが周りを警戒している。

先ほどエミリアに対しての銃撃があったので、緊張してしまうけれど、それさえなければただの散歩だ。エミリアもすでに平常心を取り戻し、にこやかに笑いながら潮風を楽しんでいる。

「それにしても、女性武官の時も思ったけれど、彼はとても女装が似合うわよね。背丈があるからもう少しゴツくなってもいいものだけれど……」

「ミハエル様ですから当然です。ミハエル様は女神にでもなれるのです」

今朝のミハエルの姿を思い出すとうっとりしてしまう。金髪の長髪姿となったミハエル様もとても素敵だった。これぞまさに傾国の美女である。

現在ミハエルは目くらましのため、エミリアの影武者として王宮に向かった。ただ流石に影武者なので、女装する必要があったのだ。本当は女性である私の方が向いていると思ったのだけれど、全員から止められた。はい、そうですね。今の私は走ったり重い物を持ったりしてはいけない妊婦でした。

とりあえずミハエルが金髪のかつらをかぶった女装姿で影武者をしていてくれるので、エミリアは再度町中の散策に出かけることを決めた。流石に今度はエミリアも変装し、黒髪のかつらをかぶっているけれど。

キリルも先ほどとは服装を変えたが、エミリアと二人きりだとお忍び中のお嬢様と従者にしか見えず目立つ。知っているものが見れば気付いてしまいそうだった。そのため誤魔化し要因で私とオリガもご一緒することになった。

そんなわけで身分的にも、エミリアの話し相手は私だった。

「相変わらずイリーナはぶれないわね。あら、あそこにいるのは、ヴィクトリアではないかしら？」

水の神形の討伐が見える喫茶店に向かう途中で、エミリアがヴィクトリアを見つけた。御縁があるなと思い、声をかけようかとしたところで、エミリアが私の手を握った。

「少し声をかけるのは待ってちょうだい。彼女、異国に嫁いでこちらに戻ってきているのよね？　理由は聞いているかしら？」

「えっと。今回冷害が長引き、このままだと次の冬に沢山の餓死者が出かねないので、麦の輸入を優先的にしてもらいたいといった援助の確認で実家に戻ってきているそうです。子供達は嫁いだ国にいて、夫は後から来ると言っていました。折角里帰りしたのだからと観光をしているそうで、彼女と再会したのもバーリン領の雪まつりでした」

今年は色々な作物の種まきが遅れた。これがどう影響するかは分からない。今年は何とかしのげても来年はさらに苦しくなる可能性もある。そのために先手を打つのは、領地経営するならば当たり前だ。

「……尾行しましょう」

「えっ？」

エミリアが私の手を引っ張るので、私は少したたらを踏む。

「私が何処にいるかの情報は、王宮内でもかなり規制されているはずよ。でもあの時の狙撃者は、私が来るのを待ち伏せしていた。それなのに屋敷まで押しかけてこなかったということは、おおよそどのあたりに私がいるのかを把握して張っていたのだと思うの」

確かに狙うのならば屋敷を襲撃するのが一番だ。でもそうではなく道路で待ち伏せしていたということは、このあたりの何処かにいるという情報しかなかったのだろう。

「何処でその中途半端な情報が漏れ出たのだと思う？　ちなみに私をつけている武官は、何処にいるかまでちゃんと知っているはずよ」

「……ヴィクトリアを疑っているということですか？　彼女はそのようなことをする人ではないと思います。昔ミハエル様の姿絵も下さいましたし」

ヴィクトリアはかつてさらわれかける経験をした上に、エミリアと異国に嫁いだ苦労話で盛り上がっていた。そんな彼女がエミリアの命を狙うなんて思えない。それに私がただの平民と思われていた時だって、理不尽なことはされなかった。あの時彼女は私との約束を守り、護衛任務を達成した後には、ミハエル様の姿絵もちゃんとくれたぐらい公平で義理堅い方なのだ。

「……最後の付け加えで、ちょっと心配になってしまったけれど、彼女自身は自分が漏らしたことにも気が付いていないことだって考えられるわ。だからこそ、問題ない人物か見極めておきたいの。これはヴィクトリアのためにもなるわ」

確かにもしもヴィクトリアではなくその周りに問題の人物がいた場合、ヴィクトリアも危険な状態になるかもしれないのだ。

「キリル、行先の予定を変更しても大丈夫ですか？」

今日の予定は喫茶店でお茶をするだけだった。尾行を始めたら、護衛をしているキリルが困るかもしれない。

「問題ございません」

顔色一つ変えず、キリルは言い切った。凄い自信だ。

オリガは聞かれても困ってしまうのが分かるので、チラッと表情を見るに留める。私の選択に従うのが彼女の仕事だ。

「なら、行きましょう。見失ってしまうわ」

エミリアに引っ張られながら、私はヴィクトリアを追いかける。とはいえ、近づきすぎれば見つかってしまう可能性が高い。見つかった場合は偶然を装えばいいとは思うけれど、折角やるのならば無実だと証明をしたい。

どうやら共は付けているけれど、珍しく男性だけのようだ。すでに結婚しているとはいえ、女性ではなく男性の使用人だけを連れ歩くのは珍しい。男性が護衛と考えて、彼女もお忍びの外出なのだろうか？　でも異国に来てお忍び？

なんだか腑に落ちないと思いつつついていくが、だんだん人気がない場所に進んでいる気がする。

「あら、見失ってしまったわ」

人込みから外れれば、さらに距離をとるしかなくなり、とうとう私達はヴィクトリアを見失ってしまった。

「どうします？　このあたりを探しますか？」

やみくもに探して見つかるだろうか？

それにもしも探している途中で顔を合わせたら、流石に後をつけていたことを白状するしかない。この場所にエミリアも用事があったというのは無理がある。

「足音からして、あちらの裏道に入ったと思います」

どうするかエミリアにお伺いを立てれば、キリルがしれっとヴィクトリアのいる場所を告げた。

……えっ。足音？　一体どういう耳をしているの？

異常な身体能力を持っていることは聞いていたけれど、足音を判別し場所の特定ができるのは普通ではないと思う。……私もその能力を持っていれば、どんな場所でもミハエルを助けにいけるけれど、果たして取得可能な技能だろうか。

　そんな時、何やら言い争う声が聞こえた。遠いため話している内容までは判別できないが、声の高さから、ヴィクトリアが声を荒げているようだ。

「もう少し近づきましょう」

　エミリアに言われ、私も頷く。もしもヴィクトリアに何か危険が迫っているのならば助けなければ。建物の角から覗き込むようにして見れば、遠目でヴィクトリアの姿を確認できた。しかしやはり遠すぎて、声は聞こえても話している内容までは聞き取れない。

　口の動きで言葉を読み取る訓練をしておけばよかった。そういうことができる人もいると聞いたことがあるのに。

「ねえ、貴方は耳がいいみたいだけれど、話している内容は聞こえるかしら？」

「はい」

　えっ？　本当に？

　あっさり頷かれて私はキリルの顔を見返した。結構距離があるのに、キリルは特に表情も変えず、さも当たり前のような顔をしている。

「なら何を喋っているか聞き取ってくれないかしら」

「イリーナ様、どうなさいますか？」

　どうなさいます？

　えっ？　私が決めること？

この中で一番身分が高いのはエミリアだけれど、キリルはカラエフ伯爵、つまりは父に雇われている立場だから、今の責任者は私ということなのだろう。

「えっと。お願いしてもいいですか?」

「かしこまりました」

何とも独特なペースな人だ。能力はずば抜けているけれど……。

「どうやら、ヴィクトリアと呼ばれる女性は先ほどの銃撃のことを知っていたようです。そして使用人の男が銃撃の実行犯のようですが、銃撃は指示になかったことで、そのことを咎めているようです」

銃撃という言葉に私は息をのんだ。先ほどのということは、やはりエミリアのだろう。

「今、銃の安全装置を外しました。護衛の安全第一に危険を排除するため、無効化をしてもよろしいですか? イリーナ様」

「えっ。あ、はい」

銃の安全装置を外したなんて、何で分かったの? 遠目からだと、ヴィクトリアに隠れて相手の姿がよく見えない。……もしかして音?

反射的に名を呼ばれ頷いた瞬間、キリルが地面を蹴る。そしてヴィクトリア達との距離を一瞬で詰め、壁を蹴って高く跳び上がった。

そしてヴィクトリアを跳び越えて、使用人の脳天に足蹴りを食らわせる。

強く頭を揺さぶられた使用人は、瞬きをする間に、地面へ崩れ落ちた。ヴィクトリアがそれを見て悲鳴を上げかけるが、その声が漏れる前に口を瞬時に手で塞ぎ、キリルは体を拘束する。それを見た私達は急いでヴィクトリアに近づいた。

「イリーナ様、拘束完了しました」

「あ、ありがとうございます……」

えっ。何、今の？

神形の討伐の時から、身体能力が高いなとは思っていたけれど、対人に関しては意味が分からない。あまりにも早すぎるし、今のジャンプ何？

「あ、あの。キリルのご職業は？」

「カラエフ家の庭師ですが？」

珍しくきょとんとした顔で話すけれど、動きがまったく庭師ではない。エミリアもあまりに鮮やかな動きに唖然としている。

「……イリーナは強いと思っていたけれど、この国の人って強いのね」

断じて違う。

父が言っていた身体能力の異常がよく分かる。確かに、キリルは普通ではない。

「私には壁を駆け上がるなんてできません」

私は首を横に振った。

逆に彼と一緒にいれば相対的に私が弱くなるので、普通に見える気がする。いや、そもそも私はそこまで強くはない。一般的な令嬢と比べれば体力があって動ける程度だと思う。

「イリーナ様も訓練すればできます」

……えっ、本当に？

どのような訓練か分からないけれど、これ、できるようになってしまうの？

自分の可能性が、ちょっと怖い。でもできたらミハエルの役に立ちそうだけど……いや、うん。相談してからの方がいい気がする。

私はこの話題から離れようと、ヴィクトリアを見た。

「すみません、ヴィクトリア。突然のことで驚かれましたよね。実はキリルが今倒れている男がいつでも拳銃を発砲できる状態にしていると言ったので、安全を優先させていただきました。彼の所持品を確認しますね」

「銃はジャケットの右ポケットです。倒れた時の音から、刃物もなにか持っているかと」

「分かりました。オリガ、彼の所持品を全部確認するから手伝って」

「……かしこまりました」

ポケットをあさり私はすべて取り出すと、靴を脱がせる。もしかしたら靴に何か仕掛けがあるかもしれないし、靴を履かせない方が逃走防止になる。

「都合よくネクタイを身に着けてくれていたので、これで縛り上げられますね。自死防止もした方がいいかしら？」

　腕を後ろで縛るのはもちろんとして、自死防止なら口の中に詰め物だけど……靴下は可哀想（かわいそう）な気もする。

「ひとまず、ズボンも脱がせてしまって下さい。それだけで逃走防止になります。この気候ならば凍死の心配もありません」

　確かに。

　下半身丸出しで走る男がいたら目立ち、不審者として即座に通報される。簡単に逃走させない方法としてはいい。キリルの意見を採用し、私はオリガと協力して男から衣服を剝ぎ取り、腕を縛り上げる。

「……手馴（てな）れていますわね」

「い、いえ。もしもの時の拘束方法は、護身術の一環で習ったんです」

　エミリアから、ぽそりと引いたような感想が聞こえて、私は慌てて言い訳する。確かにやっていることは盗賊というか、追い剝ぎだ。

　でも安全第一なので手は止めない。

　犯人の逃走防止の処置を終えたところで、バタバタと数名の足音が聞こえ、慌てて振り向く。細い一本道を数人の男がこちらに向かい走ってきていた。

　もしかしてこの男の仲間が現れた？

私が身構えると、近くまで来た男達は敵意がないと表すように、その場で膝をついた。えっ。何事？

「遅かったわね。朝、私を撃った男は、こちらのカラエフ伯爵の庭師が倒してしまいましたわよ？」

ふふんと笑いながらエミリアがキリルを紹介するけれど、庭師と紹介するせいで頭が混乱する。それは男達も同じようで困惑した空気を感じた。

「私の護衛ですのに離れているからといって、私を守ることもできなければ、銃撃犯を捕まえることもできないだなんて……。この国では武官より庭師の方が優秀で強いのかしら？それとも私がないがしろにされているだけなのかしら？」

あ、この人達、エミリアを遠くから護衛していた人か。エミリアは監視のような言い方をしていたけれど、対応の遅さから見ても護衛としては微妙だ。まあ、あまりにもキリルが反則的な強さで瞬殺してしまったのもあるかもしれないけれど。

そもそも襲われていたわけではなく、こちらから襲いにいったようなものだし、この人達からすると何があったのか分からないまま終わったのかもしれない。

「そ、そのようなことはございません！」

慌てたように、この護衛の中での責任者が反論する。しかし武官が庭師より劣っているなんて言えないし、ないがしろにしているという方を肯定することもできずにいるようだ。

「でしたら、誠意を見せて下さらない？　この男を連れていって、確実に彼の裏にいる人物を捕まえて欲しいの。私とこの国の王太子の婚姻は、ザラトーイ王国の国王と我が国、シュヴァルツ国の国王で決められたこと。それを壊そうとするというのならば、国王陛下への反逆ではないかしら？」

できるわよね？　できなければ反逆の意志ありとして突き出すぞというエミリアの裏の声が聞こえる。

「こちらの半裸の男は、見苦しいですから、早急に運んで下さる？　ただし絶対逃げられては駄目だから、裸のままでお願いね？」

「エミリア様は……」

「もちろんこのようなことがあったのですし、王宮に帰りますわ。ただしこの半裸男と一緒に馬車に乗るなんて、あり得ません。ですから私は、こちらのキリルに守っていただき王宮に戻ります。ああ。ヴィクトリアは私が連れていきますからご心配なく。罪人ではなく、ただの重要参考人であるヴィクトリアを半裸の男と一緒に居させるのは言語道断ですもの」

エミリアは一緒にいるなんてあり得ないと言っているが、彼は殺人未遂を犯した罪人ではあるけれど、変態ではない。ひん剥いたのは私だ。

でもこれが最善だったのだ。

「ではよろしくお願いね。イリーナ、私達は場所を移しましょう？」

エミリアに言われ、私達は護衛をしていた武官の横を通りぬけて大通りの方へ移動をする。何処へ向かうのだろうと思いながら、すまし顔で歩いていたエミリアがある程度離れたあたりで噴き出し、笑い始めた。

「あはははは。おかしい。エリート集団なのに半裸の変態を抱えて帰る姿を考えると、胸がすくわね」

「エミリア……相変わらず、武官と仲が悪いんですか？」

「ええ。そうね。少なくとも今日私を護衛していた者は、護衛というより監視の意味でついていたから。シュヴァルツ国出身だから信用できないと陰口を言っていた方なの。でもシュヴァルツ国出身であることは変えられないし、シュヴァルツ国の王女だからこそ娶りたいと言ったのはこの国の方なのにね」

異国人差別をする方だったのか。

エミリアの言い分がすべて正しいとは限らないけれど、少なくとも護衛されているエミリアにはそう感じたのだろう。

「その……こんなことになってしまいましたが、王宮に戻ってもよろしいのですか？」

銃撃された上に、武官達にも戻ると言った。状況的には戻らなければいけないだろう。

でも折角彼女が考える時間を準備しようとミハエルが影武者までしてくれたのに、全然その願いが叶わないままだ。

「ええ。もう十分よ。それに、ヴィクトリアを一人で武官に与えたら、すべての罪をかぶせられかねないもの。私も一緒にその場に立ち会うためにもね」

そう言えば、ヴィクトリア！

はっとヴィクトリアの方を振り返れば、キリルが彼女の口を押さえた状態で、もう一方の手で持ち上げ運んでいてぎょっとしてしまう。まるで荷物だ。

これは令嬢としてよろしくない。

あ、そういえばエミリアも緊急事態だったとはいえ、そんな感じで運ばれていたな……。

「あの、ヴィクトリア。騒いだり、逃げたりせずに私達についてきて下さいませんか？　先ほどのキリルの動きを見れば、逃げられないのは分かりますよね？」

口を塞がれたまま、青白い顔をしていたヴィクトリアはコクリと頷いた。

「キリル、ヴィクトリアを離してもらえますか？」

「かしこまりました」

私のお願い通りに素直にキリルはヴィクトリアを地面に下ろし、口から手を離した。それでも彼女が何かしようとしたら瞬時に捕まえられるように彼女の真後ろからは離れない。

キリルの手は外れたけれど、地面に下ろされてもなおヴィクトリアの顔色は悪いままだった。体も小刻みに震えている。……突然拘束されて、話していた相手が昏倒(こんとう)され、さらに物のように運ばれたら怖いに決まっているなと、少し同情してしまう。しかも今まで口を塞がれ、叫べないようにしていたのだ。これでは弁明すらできない。

「ヴィクトリア、大丈夫ですか？」

「ええ」

気まずいからか言葉が少ないけれど、逃げようとする動作はなかった。とはいえ、こんな場所で何があったのか聞いてもいいものか。内容は王太子の婚約者の暗殺も含まれるのだ。

「イリーナ様、馬車を借りてまいりますので少しお待ち下さい」

「ありがとう、オリガ」

さて、どうしようかと悩んでいると、オリガが申し出てくれた。確かに徒歩で王女が王宮まで戻るのは微妙だし、ここから王宮まではそれなりの距離がある。そこまで歩き慣れていないだろう、エミリアとヴィクトリアを連れていくなら、馬車があった方がいい。

そして馬車の中ならば密室になり、込み入った話もしやすい。

私の了承を得たオリガは速足で大通りへと向かった。

残された私達の間には沈黙が落ちる。困った。何か無難な話題はないだろうか？

いやでも、ここは場を和ませるべきではないのか？

「……私はイリーナから逃げませんので、服を脱ぐのは許してもらえるかしら？」

「それはもちろんです！」

あれはやむにやまれない状態だったからで、流石にご令嬢であるヴィクトリアの服を剥ぐ気はない。

慌てて答えれば、ヴィクトリアはクスリと笑った。

「それにしても服を脱がせる時の手際がよすぎて驚いたわ」

「……そ、そうですかね？」

自分はそう思わなかったが、傍から見るとそう見えたようだ。とりあえず、ほほほほほと令嬢らしく誤魔化しておく。

言われてみれば、確かにご令嬢が他人の服を追い剥ぎするなんて普通はない。

「まあ、昔からイリーナの技能は普通ではなかったわね」

「えっ。普通ですよ？」

「私の知っている普通とは違うわね。私の国でも水の神形は出ますから討伐を視察したこともあるけれど、水の神形を素手で倒す女性を見たのは初めてでしたわ」

「素手?!　流石、イリーナとしか言えないわね。一体どういう状況でしたの？」

いや、やろうと思えば、たぶんできますよ。神形の体はそれほど硬くないので。

今は発砲事件については話しづらいからと言って、私の話で盛り上がらなくてもいいのに。でもエミリアとヴィクトリアの共通の知り合いは私になるのだからそうなってもおかしくない……いや、おかしいよね？

微妙な気分を味わいながら二人の会話を聞いていると、オリガが再び速足で戻ってきた。

「大通りに、馬車を停めましたので、そちらまでご移動お願いします」

流石オリガ。仕事が早い。

何処かの辻馬車を借りて来たのだろうか？　と思ったが、大通りに停まっている馬車は辻馬車ではなかった。

「えっ。馬車って、こちらであっているのかしら？」

「はい。ラドゥーガで貸していただきました。バーリン公爵家はよくラドゥーガを利用していますのですぐに快諾いただけました」

……この間妊婦服を注文したし、ディアーナやアセルはお洒落だから利用しているだろうなと思ったけれど。ご迷惑では？　と思わなくもないが、内装のよさやカモフラージュなどから考えると丁度いい。また今度、子供服も買わせてもらおう。

私達は用意された馬車に乗り込む。

全員が着席すれば、馬車は王宮に向かって走り出した。

先ほどまで和やかに私の話をしていたが、再び馬車の中では沈黙が落ちる。でも王宮に着くまでにある程度の情報はもらっておきたい。そうでなければヴィクトリアをかばうこともできない。

私は覚悟を決めて口を開いた。

「先ほど捕まえた男がエミリアを狙撃したとキリルは言っていました。ヴィクトリアは知っていましたか？」

武官にもエミリアが狙撃犯だと言っていたので、ヴィクトリアもこちらがそこまで掴んでいることは知っていただろう。特に驚いた様子はなかった。

「ええ。その通りよ。でも私の指示ではないことだけは弁明させてもらってもいいかしら？　私も別の使用人から報告を受けて、どういうことなのか問いただすために人目が避けられる場所に移動したの。流石に王太子の婚約者であり、異国の王女を撃ったなんて、使用人にも聞かせられない話だから屋敷でも迂闊にはできなくて……。あの辺りは父が所有する倉庫なの。普段はほとんど人が来ない場所よ」

「あの男性は異国からついてきた人間なのかしら？」

「いいえ。あの男は、里帰りをした時、父が護衛として私に付けた使用人で、私も彼の人となりは知らないわ」

実の父親が付けた使用人だから、自分には危険がないだろうと考えて、まずは話を聞くことにしたのだろう。安全装置をあの男が外していたとなると、本当に危険がなかったかは分からないけれど。

「ヴィクトリアは私が王女だということをいつから気が付いていたのかしら」

エミリアの言葉で、私ははっとした。そうだ。ヴィクトリアはエミリアが王女だということを知らない様子だったのに、王女が自分の使用人に銃撃されたと考えて場所を移したということは、もっと前に気が付いていたということだ。

「……初めから気が付いていました。姿絵で拝見したことがありましたから。私は嫁いだ家にザラトーイ王国の色々な情報を流すように言われていたので、名乗られない限り知らないふりをして情報を得ようと思いました」

諜報員のような役割を告白され、私はびっくりして目を見開いた。そんな話をしてもヴィクトリアの立場は大丈夫だろうか？

不安でおろおろしてしまうと、エミリアが肩をすくめた。

「異国へと嫁いだ女性が里帰りするならば、情報を流すのは普通のことね。別に悪いことをしているわけではないわ。機密情報を王宮に忍びこんで盗み出そうとしているわけではなく、見知った事柄を話すだけのことだもの。世間話をして咎められることはないでしょう。そして私が王女と名乗らなかったのは事実で、あえてそれを指摘しなくても何ら問題もないわ」

えっ。普通のことなの？

異国に嫁ぐ予定などなかった私は、そんなことをするものだなんて知らなかった。

「でも暗殺は困るわ」

「そんなことっ！　……初めに言った通り、私はそんな指示は出しておりませんし、父からも伺っておりません。ですが、あの男を父が雇ったのならば、その責任は私にもあります。ただし私に求められている情報で、エミリア様のことは二の次でした。一番に持ち帰るように言われたのは、北部の要であるカラエフ領の子女と王家に近いバーリン領の子息の件です。彼らの結婚にはどのような意味合いがあるのか調べるよう言われておりました」

カラエフ領の子女とバーリン領の子息……。

「えっ。私とミハエルですか？」

異国から探りを入れられるなんて想定外すぎて、私は一瞬なんの話か理解できなかった。そもそもカラエフ領なんて普通の異国人は知らないような、ド田舎だ。この国の王都に住む人でも、地理に詳しくないかぎりどのあたりか分からない気がする。

「といっても、調べる途中で、カラエフ領の娘がイリーナだと知ってしまいましたから、当たり障りのない、今まで知られていることぐらいしか伝えないつもりでしたの。流石に、命の恩人を売るような薄情者にはなりたくないですもの。それにカラエフ領は今の伯爵に代替わりをしてから繋がりが得られない地域だと言われていますから、そこまで期待していないと思いますし」

王都方面に行く人なんてほぼいないし、父と母は領地から出ない。それに田舎なので、知らない人が入ってきたらすぐに母が情報を得て、父が私兵団を動かす。

確かに得にくそうだ。

「それに周りにはどんな思惑があったかは分かりませんが、イリーナ達の結婚は恋愛によるものなのは間違いないですから……」

「あー、ソウデスネ」

ミハエルの絵姿をおねだりした身なので、私がミハエルのことを元々どう思っていたかなんてヴィクトリアはお見通しだ。

「エミリア様に銃を向けたことも、使用人から聞かされるまで知りませんでした。このようなことになってしまい、申し訳ございません」

ヴィクトリアは深々と頭を下げた。

潔いといえば、潔いのだけれど、普通は使用人が勝手にやったことだと、貴族が頭を下げることは珍しい。

「温情をというのならば、知っていることはすべて話し、私に協力しなさい。保身による嘘は逆に自分の首を絞めると考えなさい。そうすれば家族の元へ返してあげることぐらいはできると思うわ」

家族の元に返す？

一瞬ヴィクトリアの父親を無罪にするためだろうかと考えたが、返すという言葉に違和感を覚え、気が付いた。ああ。そうだ。ヴィクトリアはすでに結婚し、異国に夫と子供がいるのだった。

エミリアは罪に加担せず、王女に協力的だったことを理由に、もしも彼女の家がお取り潰しになっても国外退去という形に持ち込むと言っているのだ。そしてヴィクトリアもそれを望んで頭を下げているのだ。

「あの犯人は父君が付けられたと言っていたけれど、この国の出身の者でよかったかしら？」

「分かりません。普通に言葉が通じたのでそうだと私は思っておりました。父ならば把握していないとは思います」

確かに言語が通じ、父が手配したのならば、わざわざ確認する事柄でもないだろう。はたしてどうなのかは、コーネフ侯爵に聞くのが一番だろう。とはいえ、偽造という方法もあるので侯爵が知っていることが絶対だとは言えない。

「キリルはどうかしら？　男の言葉のなまりなどで何か気が付いたことはない？」

エミリアに質問されたキリルが答える前に私を見てきて、私はびくっとする。これは、私の指示待ちか。

「えっと、どうですか？　何か気が付いたことがあれば教えて下さい」

「言葉は矯正を受けているようで、国の特定はできませんでした。ただし、所持している銃から、何か分かるかもしれません」

なるほど。先ほど押収したものから探るのはアリかもしれない。銃の中には不良品で、発砲時に爆発するものもあると聞くから、こういう場で使う人間なら、何でもいいなんてことはないだろう。そして銃は必ず弾丸が必要で、使えばなくなるものだ。そのあたりから入手経路も調べられないだろうか？

ヴィクトリアは、一体どうなってしまうのだろう。

ヴィクトリアは嘘をついていないように思う。だとしたら、巻き込まれただけだ。だからこそ、どうかそれほど悪い未来にならないで欲しいと私は馬車の中で願った。

◇◆◇◆◇◆

馬車をしばらく走らせて、王宮近くまで来たところで、はたりと気が付いた。

「すみません。もしかして、今エミリアが王宮に戻ると、下手したらエミリア様が二人いるという騒ぎにはなりませんか？」

「は？」

エミリアはああそう言えばという顔をしたが、ヴィクトリアは何を言っているのかという顔をした。うん。私も事情を知らなければ何を言っているんだと思う。

「えっと、実は今ミハエルがエミリアの影武者として王宮にいるんです。もちろん護衛している方などは分かるでしょうが、周りを欺くためなので、ごく一部の人以外は知らないと思うんです」

「えっ。待って。ミハエルって、イリーナの旦那のミハエル様でよろしいかしら？」

「はい。私の旦那のミーシャです」

ミハエルを私の旦那と紹介するのはちょっと照れるな。

そんな風に思っていたが、ヴィクトリアはドン引きした顔をしていた。

「イリーナ、そこは照れる場面ではないわよ。どういう表情をすればいいのかも分からないけれど。旦那が女性の影武者ね……」

「女装されたミハエルはそれはもう、女神のように美しかったです。銀の髪こそ至上と思っておりましたが、金の長髪もとても似合ってました。化粧もしたのに帽子を深くかぶり顔を見えにくくしてしまったのがとても残念で……。はっ。でも女神ミハエル様が降臨したら、それはもう傾国の美女で国中が大変なことに……」

「ぶれないわね。そして女装した男で傾国が起こったならば、その国は一度そのまま傾いて滅ぶべきだと思うわ」

エミリアがとても呆れた顔で言った。

確かに女神ミハエル様のせいで傾国となるのはいただけない。傾国の美女と称してもいい美貌はあるが、ミハエルは悪女などではなく心美しき聖女だ。もしくは悪戯好きの妖精なら許す。

勝手にミハエル様をめぐって争い、ミハエル様を言い訳にするのならば、滅ぶべきだ。でも滅んでしまうと二度と女神の姿が見られなくなるので困るなぁ。

「女神ミハエル様はそんな悪女ではありません。……そうです。女神ミハエル様を前にすれば、彼女に追いつこうと技能を磨き、たゆまぬ鍛錬をし、教養を学びスバラシイ使徒となれるはず

「──」

「はいはい。話を戻しましょう」

パンパンとエミリアが手を叩いたことで、一旦女神ミハエル教の教えを考えるのを止めた。

確かに今はそんな考察をしている場合ではない。最近は周りに迷惑をかけないようミハエル教の布教は控えめにしていたため、つい思考が暴走してしまった。

「ひとまず、ミーシャの部隊の方に連絡をとり、馬車まで来てもらうのはどうでしょうか？　多分副隊長ならば知っていると思うんです。そうでなくても事情を話せば大事にしないでくれるかと」

家出中の王女をお連れしましたなんて正面から言ったら大混乱が起こりそうだ。そもそも家出したということも極秘だろうし。

「確かにそうね」

「幸いにも私、ミハエルの妻という肩書を持っていますので、副隊長を呼ぶ時も次期公爵の妻が内密に話したいことがあるため馬車まで来て欲しいと伝えれば上手くいくのではないでしょうか？　少なくとも彼は私の顔を知っているので、顔さえ見せれば、私が偽物だとは思わないはずです」

「なぜイリーナが言うと、妻という言葉が役職を示しているように感じるのかしら？」

ヴィクトリアが不思議そうに首を傾げた。

　でも次期公爵夫人というのは、一種の役職だ。何も間違ったことは言っていない。この肩書があるから、たとえ王宮にミハエルに会いに来ましたと言っても、不審者としてつまみ出されないのだ。もしもなかったら、間違いなく門前払いでミハエルに言葉を届けることすら不可能だろう。

　ともかく、私の肩書は使える。

「門番には私が伝えてきますので、イリーナ様も含めて、皆さまは馬車で待機をお願いします」

　到着し私が行こうと腰を上げかければ、それより前にオリガに止められた。

「えっ。でも——」

「いいですね？」

「はい」

　誰かに何かをやってもらうというのは、相変わらずなれず、気が付くと自分で動こうとしてしまう。でもオリガが言う通り、この場にエミリア達を残すというのならば、動くのは私ではなく、使用人であるオリガである。

　すぐさまそれに気が付き私に忠告してくれるオリガは流石だ。私は大人しくエミリア達と待つことになった。

「確かに次期公爵夫人が、普通に歩いていき、直接門番に話しかけたら、本物かどうか疑いますよね……」

「疑われはしないでしょうけれど、何かあったかと大騒ぎかもしれないわね」

使用人がいるにもかかわらず、直接話しかけるのは次期公爵夫人らしくない。

私はそわそわしながら、オリガが上手く連れてきてくれるのを待つ。待つのは性に合わないのだけれど慣れないと。ミハエルと結婚したのだから、性に合わなくても、外では次期公爵夫人ぽく見せかけなければ。

しばらくすると、ガチャリと馬車のドアが開けられた。そこには、ミハエルと同じ、黒色のジャケットの制服を着た副隊長のティムールが立っていた。極秘と聞いたのか、彼以外の姿はない。

「イリーナ様、お久しぶりです」

「お久しぶりです。いつもミハエルがお世話になっております。そして冬の時はご尽力ありがとうございました」

「ご丁寧にありがとうございます。俺を呼んで下さったのは、王太子のイースター・エッグの件だと伺っておりますが」

王太子のイースター・エッグ？　何のことだっけ？

あっ。王太子は豪勢なイースター・エッグを婚約者に贈るために準備していると聞いたことがある。つまりは王太子の婚約者の件だとこっそり私に伝えてくれているのだろう。

確かにエミリアの影武者の話とか、大っぴらに話せる内容ではないので、隠語を使ったほうがいい。

「……あ、はい。そうです。こちらにお持ちしました。多分、レプリカが先に来ていると思うのですが、混乱があると困ると思いまして。それでミハエルに会いたいのですが、主人は今忙しいでしょうか？」

「あー……実は、こっそりと王太子と一緒にお出かけになられていまして。本物のイースター・エッグを直接受け取りに……」

嘘。すれ違い？

どうやらミハエルは王太子と一緒にエミリアに会いに向かってくれていたらしい。タイミングが悪い。

うーん。エミリアと王太子が出かけているとなっている王宮にエミリア一人で先に戻るのはありかなしか……。絶対ややこしくなりそうだよね。

むしろ外で合流して、ミハエルとエミリアが交代する方法が、一番無理がないかな。

「そうでしたか。では再度外で合流できるようにしてみますね」

「王宮の一室でお待ちいただいても大丈夫ですよ。貴賓室でお待ちいただき、王太子以外は入らないようにすることもできますので」

……うーん。その方がすれ違いにはならない？

たぶんティムールが色々手続きして、人と会わないで迎えるようにしてくれるのだと思う。その申し出の方が確実ではあるけれど、王太子がわざわざエミリアを迎えにいったのだとしたら、外で会った方が色々取り繕わず本音で話せるだろうか？

悩むなぁ。

「副隊長、大変です!!　あれ？　イリーナ様？」

「あっ、イーゴリ」

どちらがいいだろうかと、なかなか決めかねていると、大声が聞こえた。

何やら事件が起きたらしく、以前知り合ったイーゴリがバタバタと足音を立てて走ってくる。今は水の神形の討伐もあるし、何か問題が起きて忙しいのならば、ミハエルも不在なのだしあまり副隊長の手を煩わせるわけにはいかない。

行き先はきっと両親が借りている屋敷なので、やはりそちらに向かおう。

「次期公爵夫人がいる前で失礼だろ。イリーナ様、騒がしくして申し訳ございません。それで、用件は？　こっちも忙しいんだ。できれば手短に頼む」

「あー……」

イーゴリはチラッと私の方を見て、困った顔をした。何か武官の機密的な話だろうか？

「あの。私達が聞かない方がいい話なら、私達はミハエルが向かった先に行き合流しますので、武官の仕事を優先して下さい」

神形は自然現象だ。

人間の都合など待ってはくれないので、大災害になる前に対処してもらった方がいい。

「いや、あー……うーん。これはイリーナ様こそ知っておいた方がいいような？　隊長に伝えようとしたのですが、王太子殿下の用件で出かけていたので……」

エミリアの影武者をしているため不在なんて、普通は広めないだろう。イーゴリの様子を見る限り、副隊長が留守を預かるため聞かされているところで止まっていそうだ。

「聞かれて問題ないなら早く報告しろ」

「はい。えっと、実は、カラエフ伯爵が滞在する屋敷で立てこもり事件が発生したと連絡を受けました。カラエフ伯爵は、次期バーリン公爵夫人の実父なので、隊長に連絡が来ました。ですが不在だったので、副隊長に伝えに来た次第です！」

「えっ。立てこもり？」

よりにもよって、キリルがいない時に？

運動神経というもの自体が存在しないような父と、武術の心得がない母。二人が立てこもり犯に何かできるとは思えない。むしろ大怪我（おおけが）をしないように大人しくしていてもらいたい。

最悪の事態だってあり得ると思うと、血の気が引いた。

「分かった。イリーナ様、この件は急いで隊長に知らせるべきだと思います。隊長からはイリーナ様達が滞在している場所に行くと承っておりましたが、現在はどちらに滞在中なのでしょうか？」

副隊長の言葉にさっと血の気が引く。私が滞在している場所って……。

「……私達がいたのは、カラエフ伯爵が滞在している屋敷です」

「はい？」

「ですから、私達は私の両親にお世話になっていたんです！　もしもそちらにミハエル達が行かれたのだとしたら……」

果たして立てこもり事件は、ミハエル達がいたタイミングか、それとも伺う前に発生したのか。

「嘘だろ。王太子も一緒だぞ」

あまりのことに、ティムールが頭を抱えてぼそりと呟いた。それを聞いてしまったイーゴリが愕然とした顔をしている。

本当に嘘であって欲しい。

私は思わず頭を抱えた。というか、どうして借りた屋敷で、立てこもり事件なんて発生しているのか。運がなさすぎる。

「とにかく、助けにいかないと……」

「い、いけません！」

ミハエルがピンチなのだ。それに両親も。

思わず願いを口にすれば、顔色を悪くしたオリガが必死な顔で私を見ていた。

「でも」

「危険すぎます。お願いします。やめて下さい」

普通、使用人は主人の行動を止めたりはしない。それでも止めなければと思ったようで必死な様子で頭を下げる。

「彼女の言う通りだわ。お腹にいるのでしょう？」

「そうね。確か走るのはよくないのではなかったのかしら？」

オリガだけでなく、ヴィクトリアにも止められた。お腹という言葉で、私ははっとして手をそこにやる。

そうだった。

医者にも激しい運動はよくないと言われた。私はお腹の中にあるもう一つの命を守らなければいけない。でも――。

「……なら、せめて近くまで行き、状況を確認したいです」

本当は制止を振りきり、走ってでも駆け付けたい。

でもそれができないというのならば、実際はどうなっているのか、危険がない範囲で何かできることはないのか。せめて情報が欲しい。

「そう。なら、私も行くわ。自分の未来の旦那様を迎えにいかないとね」

「えっ」

「私がいればイリーナも無茶はできないでしょう？　ヴィクトリアも来なさい。イリーナを止める手段は沢山あった方がいいわ。エミリア様は、今は王太子と一緒にいることになっているのだから、そこの貴方達は黙認しなければ駄目よ？」

エミリアの言葉にティムールとイーゴリが目を白黒させた。特にイーゴリはミハエルが影武者をしていることを知らないので、黒髪のエミリア王女を見て何が何だかという感じで混乱している。去年、任務でエミリアを間近で見ていたからなおさらだろう。……なんだかいつも混乱させてごめんなさい。

そして私を止める手段とは言っているが、ヴィクトリアを一人武官に引き渡せば罪人として酷い扱いを受ける可能性もあるからに違いない。それならば一緒に行動してもらい、エミリアの目が届く場所にいた方がいいのは確かだ。

私としては、とにかく立てこもりの情報が分かる程度に現場に近づくことを許してもらえるならばそれでいい。

こうして私達は、立てこもり事件が起きた現場へ向かうことになった。

五章：出稼ぎ令嬢と立てこもり事件

私達は、今度はティムールに用意してもらった馬車に乗り換えて、両親が借りている屋敷へと向かった。近づくとその周りには人だかりができていて、途中で馬車は動けなくなってしまった。

それでも王宮の馬車を使ったおかげで、武官に途中で止められることなく、思ったより近づけたと思う。これ以上現場に近づくには、馬車を降りて徒歩で向かうしかなさそうだ。

「お嬢様方、馬車はここまでしか行けないようです。どうされますか？」

「ありがとうございます。ここで降ります」

御者に声をかけられ、反射的に私は答えた。ここでは、立てこもりに巻き込まれているのが誰（だれ）なのかもさっぱり分からない。

「……あ、エミリア。それでよろしいでしょうか？」

「ええ。それしかないわね」

しかし答えた後に勝手に動いてはいけないのだったと思い、エミリアにたずねる。エミリアはそんな迂闊（うかつ）な私に怒ることなく、同意してくれた。

しかし降りたところで、そこからどうしようか。何とか情報を集めたいところだが……。

「姉上っ！」

馬車から降りたところで、遠くから亜麻色の髪の青年が走ってくるのが見えた。

「アレクセイ！」

弟のアレクセイは人を縫うように走り、猛スピードで馬車まで駆けよると、足を止めた。

「姉上にも父上達の話が伝わったんですね」

姉上にもということはアレクセイも話を聞いて、学校から飛び出してきたのだろう。アレクセイはまだ学生服を着たままだった。でも流石（さすが）に自分の親であり、カラエフ領の領主が立てこもりの人質になっているのならば、勉強なんてしていられないのは仕方がない。

「ええ。お父様が滞在している屋敷で立てこもり事件が起きているということは聞いたわ。でも詳しいことが分からなくて様子を見に来たの」

「それなら、僕が知っている話を伝えます。そもそも今回の立てこもり犯は、両親とは面識がまったくない人物のようです。たまたま両親というか、父上が痴情のもつれの場に遭遇して、銃を持っていた男が父上を人質に取り、『結婚しないなら、俺（おれ）は無差別に人を殺すぞ』と脅したそうです」

「……運が悪すぎるわね。お母様は？」

父は男性だが、屈強からは程遠い。こいつなら反抗しないだろうと犯人は思ったのだろう。

……まさか、それが伯爵だなんて夢にも思っていないはずだ。

それにしても町中でエミリアは発砲されるし、銃を携帯することが流行っているのだろうか。治安が悪くなるので嫌な流行りだ。

「父上が人質にとられ、家に立てこもろうとしたので、母上が代わりに自分が人質になると言ったそうです。しかし犯人は、相思相愛を見せつけられたと思い込んだようで、激高し、二人とも人質になりました。母はこのまま犯人に逆らうと危ないと判断したようで、立てこもり犯に従ったようです」

犯人っ！

私はまさか的な状況に頭を抱えた。多分犯人も自分が人質にしたのが、カラエフ伯爵と伯爵夫人だと知ったら頭を抱えるだろう。痴情のもつれで人質にするにはリスクがありすぎる人選だ。

「さらに父達を脅して家の前に向かったのですが、そこに金髪の美男美女のカップルもいて、彼らも脅され人質となったようです。どうやら父が人質になっていたせいで手が出せない様子だったそうなので、知り合いかもしれません」

あああああああ、犯人んんんんっ！

私は心の中で叫んだ。なんでそこでついでとばかりにもっととんでもない人物を人質にしてしまったのか。ここが道路でなければきっと大声でののしっていただろう。

真実を伝えただけで、犯人もあんまりな惨状に気絶してしまわないだろうか？　……ある意味そうなってくれればいいけれど、逆に自棄になられても困るから頭が痛い。

「……アレクセイ、落ち着いて聞いて。今の話で分かったことがあるから。絶対大きな声を出しては駄目よ」

「はい、姉上。分かりました。それにしてもこれだけの情報で分かったことがあるなんて流石は聡明なる姉上です。それで何ですか？」

たったこれだけの会話の中でも私をほめてこようとするアレクセイはいつも通りだ。落ち着いているともいえる。むしろ落ち着いていないのは私の方だ。

私は自分が落ち着くため一度深呼吸をした。

「……その金髪の美男美女カップルは、王太子と王太子の婚約者の影武者をしているミハエルの可能性が高いわ」

一瞬何を言われたか分からないような顔をしたが、徐々にアレクセイの目が大きく見開かれ、その顔から血の気が引いていく。

「お、王っ」

アレクセイは叫びそうになって自分の手で口を塞いだ。数秒その状態で固まったが、何とかのみ込んだのか手を離す。

「……あの、本当に王太子と義兄上なのですか？　義兄上ならまだしもなぜ王太子が父上と母上に会いに？　しかもどうして未来の王太子妃の影武者をしているのですか？」

アレクセイは大っぴらに話せる内容ではないと判断し、できるだけ声が他人に聞こえないようひそめてくれた。でもどうしてと言われると一言では話せないぐらい複雑奇怪だ。

「話せば長くなるのよ……」

話さないと意味が分からなさすぎるのは十分理解できる。こうなってしまった流れを知っている私ですら、何がどうしてこうなったの⁈　と叫びたくなるからだ。

ただエミリアの家出騒動から始まるそれらを説明すると、何処(どこ)までアレクセイに話していいか考える必要が出てくるし、他人に聞かれるリスクを考えると、説明すべき時は今ではない。

「ともかく、落ち着いたら話せる範囲で、必ず説明をするから、今はそうなのだということでのみ込んでおいてくれないかしら？」

「姉上が言うならば、分かりました」

「ところで犯人がそもそも凶行に及んだ原因の女性はどなたか知っている？」

結婚しないなら、無差別に殺すぞという犯人が誰よりも悪いのは間違いないけれど、そもそもその結婚したい相手は今どうしているのだろう。

「そちらは友人に探して連れてくるように頼んでいます。飲食店で仕事をしている方だというところまでは聞いているので」

すでに弟は相手の女性の確保にも動いていた。色々早い。

「ということは、今、カラエフ伯爵が借りている屋敷には、犯人とカラエフ伯爵夫婦と王太子、バーリン次期公爵が人質としているということね」

アレクセイと話していると、エミリアがそう話を整理した。

間違ったことは言われていないけれど、なんでこんなことになったのとしか言えない面子だ。きっと父が人質に取られていたから、ミハエル達も動きが取れなくなってしまったのだろう。

「ところで姉上、そちらの美しい女性方はどちらのご令嬢ですか？」

「私の友人……なのだけれど……」

アレクセイは話に加わった女性が誰かを気にしたけれど、一体何処まで話しても大丈夫なのか。

ヴィクトリアのことはアレクセイに伝えても問題ない気がするけれど、現在エミリアを襲った使用人を雇っていたということで微妙な立場になっている。そしてエミリアは異国の王女であり、王太子の婚約者。

うーん。

「私はエミリア。今人質になっている人の本当の婚約者ね。こちらは、コーネフ侯爵家のお嬢様のヴィクトリアよ。でも今はお忍び中だから、これ以上は聞かないでくれるかしら？」

何処まで話すか悩んでいると、エミリアが代わりに答えてくれた。

とはいえ、侯爵家に王太子の婚約者。明かされた話に、アレクセイはさらに顔を引きつらせて私を見る。本当に？　と言いたい様子に、私は無言で頷いた。ごめん。突然雲の上の人を事件現場に連れてきて。

「アレクセイ、驚くのは無理ないわ。でも今は父達をどうするか考えましょう？」

「そ、そうですね。王太子殿下がいるならば、父上と母上は救出する時の優先順位が一番低くなるし、こちらでも何か対策を考えないといけないですね」

人質の中では父達が一番低く、武官だけに任せると父達がどうなるか心配だ。それにミハエルも中でどうしているか……。怪我がないといいのだけれど、犯人の行動が短絡的に感じるので心配だ。

「よろしければ裏口から入って、制圧しますが」

何ができるだろうとアレクセイと話していると、珍しくキリルが自分から話に加わった。そうか。元々貴族が使っていた屋敷なため、入口は表だけではなく、使用人が使う裏口も存在する。無計画に動いている犯人がそこまで確認しているとは思いにくい。

「キリルは鍵を預かっているのね」

「いえ。ありませんが、あの手の鍵ならば開けるのに時間はかかりません」

あー。そっちか。

自分もできてしまうので、文句は言えないけれど、キリルの前職が気になってきた。身体能力はそもそも高いのだろうけれど、聞き耳を立てたり、銃弾を避けて逃げたりと何らかの訓練を受けていたようにしか思えない。顔に傷があって身体能力が高い元武官ならば目立ちそうだし、ミハエルが知っていそうな気がする。うーん……何か、ここまで出てきている気がするけれどとりあえずは父の味方なのだから考えるのは止めよう。

彼が優秀であることは悪いことではないのだ。

「その場合、人質は大丈夫なの？　怪我をさせずに制圧する自信はあるのかしら？」

「カラエフ夫妻には怪我をさせません」

エミリアの質問に、キリルはなんということもないような様子で答えたけれど優先順位がまずおかしい。【カラエフ夫妻には】って……。

「今は止めておきましょう。もう少し確実な方法をとった方がいいと思います」

私は首を振ってキリルを止める。不敬とかそういう問題でなく、普通にヤバイ。確かに雇い主は父で、優先順位が高くなるのは分かるけれど、王太子を無視するとか本当にまずい。

「かしこまりました」

命令に従わないわけではないし、暴走しているわけでもない。でもキリルは両親にちゃんと手綱を握っていてもらわないと困るタイプな気がする。

「裏口から制圧するにしても、人質全員が怪我しない方法をとりたいです」

「犯人の気をそらすことができれば、一瞬で意識を刈り取り、排除することはできます」

確かにキリルの身体能力ならば、一瞬で意識を刈り取ることは可能だろう。問題は犯人の隙をつくることか……。

「犯人は家の中の何処にいるのかしら」

「あ、それなら、玄関に一番近い部屋です。家の中から表通りを見て叫んでいるから場所は分かりやすいので。多分騒いで、彼女が連れてこられるのを待っているんじゃないですかね？　そして人質解放のために、周りから結婚を承諾するように促されるのを待っているんだと思いますが、正直言って男の風上にも置けない卑怯な奴ですね！」

「……彼女としては、そんな男に結婚の承諾をするとか嘘でも嫌よね。その後何されるか分からないし」

私も完全に同意で、アレクセイとヴィクトリアの言葉に大きく頷く。

銃で脅して結婚を迫るような男なら、その後も暴力的なもので脅して従わせる形で、解決しようとしていくにちがいない。結婚の承諾が嘘だと分かって逆上されるのも、付きまとわれるのも嫌だろう。

「おい、アレクセイ。彼女を連れてきたぞ」

「流石ユーリ。頼りになる！」

どうするかと話し合っていると、弟の名を呼びながら、少し赤みがかった茶髪の青年がやってきた。ユーリと呼ばれた彼は、金髪の女性を連れている。

「姉上、紹介しますね。彼はグゼフ子爵家の四男で、僕の友達のユーリです。ユーリ、彼女が、この世に神が与えられた希望である僕の姉だよ」

「アレクセイ、友人に変なことを吹き込んでは駄目よ。初めまして、私はイリーナ・イヴァノヴナ・バーリンです。弟がいつもお世話になっています」

「は、初めまして。わ、私は、ユーリ・アイラドヴィチ・グゼフです。こちらこそいつも、アレクセイにはお世話になっています！　お姉様の噂もかねがね」

私の噂？　アレクセイは一体学校で何を話しているのだろう。

噂の中身が気になるが、あまり時間をかけるわけにはいかない。

「ところで、こちらの彼女は……」

「はい。今回アレクセイの両親を人質にとって立てこもっている犯人の彼女ですっ！」

連れてこられた少女は顔面蒼白だ。

それもそうだろう。彼女の服装から見る限り、彼女は平民だ。それなのに突然子爵家子息に連れてこられ、彼氏が人質としたのが伯爵だと聞かされたのだ。これからどうなってしまうか不安にもなるだろう。

「初めまして。突然お連れしてしまってごめんなさい。でも私の大切な人が人質になっているので、どうにか解決する糸口が欲しいの。一体何が起きたのか教えてくれませんか？」

目を合わせると、金髪の女性は、茶色の瞳を揺らした。

どう考えても、自己防衛が働いて警戒している。まあ、突然自分の彼氏がやらかし、貴族に連れてこられ、囲まれたら警戒して当たり前だ。

「……わ、私は、あの男とは関係ありません。もう別れました。ただの他人です」

「いや、関係ないって──」

「そうですね。私も別れた貴方は他人で、彼の罪とは無関係だと思います。でもどうしても情報が欲しいんです。お願いします、犯人のことを話してくれませんか？」

　自分を守るためだろう。とっさに言った言葉に、連れてきたユーリが反応したが、私が慌てて間に入る。すでに怯えている彼女を怒鳴って脅したとしても、余計に話せなくなってしまうだけだ。

「情報と言われても……」

「今立てこもっている犯人は貴方と結婚がしたくて人質を取っています。関係がないのなら、どうしてそうなってしまったかだけでも教えてくれませんか？　その代わり私が貴方を犯人から守ります。復縁を望んでないのに、脅されているのですよね？」

「守る？　本当に？」

　不安げに私を見つめる彼女に私は力強く頷く。

　銃で脅されて怖くないはずがないのだ。それなのにまた怖い場所に来てもらったのだから、まずは彼女の安全を保障してあげることが大切だ。

「ええ。絶対に。だから犯人について教えてもらえませんか？」

ぎゅっと握った彼女の手は乾燥で荒れており、仕事をしている働き者の手だ。きっと毎日真面目に働いて生活をしているのだろう。それなのに本来ならば守ってくれる彼氏が馬鹿をやったのだ。

ただ手を握っただけなのに、彼女の茶色の瞳が潤む。きっと不安で仕方がなかったに違いない。

なぜか後ろで、「人たらしだ」「天然人たらしだわ」「姉上は人たらしではなく聖女のように清らかな女神です」というひそひそ声が聞こえるけれど、決して私は人たらしではない。ただ誠実にお願いをしているだけだ。そしてアレクセイ、平然と誤情報を加えない。

注意をしたいけれど、今は目の前の彼女の心をほぐすためにも全力で寄り添う時なので、ぐっと我慢して目の前の女性に集中する。

「わ、分かりました。私に分かることなら……。あ、私の名前は、ジャスミン・アントニーヴナ・グリボエードフと言います。えっと、私の元彼の名前は、マクシーム・ロマーノヴィチ・チェルノフと言います」

彼女は何処から話すか悩んでいるようで、まずは自己紹介から始まった。

「彼が強硬に及んだのは、痴情のもつれからだと聞いているけれど、間違いないかしら？」

「はい。マクシームがこんなことをしたのは、私が別れ話を切り出したからです。マクシームはその……働きに行かず、お酒を昼間から飲んで、いつか大きなことをするんだと息巻いていて、少年のような心を持っているというより、現実が見えていない男です。普段は私が働いたお金で生活していました。若い時は大きな夢を追っているのがカッコイイと思ったんですけれど、私もそろそろ結婚しないといけないので、マクシームとの関係をすっぱり終わらせようと思ったんです」

昼から酒を飲み働かず、口だけは大きなことを言う。……それは愛想をつかれても仕方がない。恋は無差別に落ちる時は落ちるけれど、愛は無限ではないのだから冷める時は冷める。

「でも彼は私が言いたいことが分かっていなくて、私が年頃になって結婚したいのにしてくれないから別れると言い出したと思っていたんです。そしてなぜか上から目線で、結婚してやると言われました。でも正直働く気がない男をこの先も養っていこうとは思えないので、断ったんです。そうしたら、何処かのごろつきから手に入れたらしい拳銃で脅してきて、私は怖くて走って逃げました……」

とても怖い思いをしたようで、ジャスミンは自分を抱きしめるように腕を掴む。

「逃げる途中、後ろで結婚しないなら無関係な人を撃って後悔させてやるというようなことを、大声で叫んでいるのが聞こえました……。私のせいで誰かが酷い目に遭うかもしれないと思いました。でも……どうしても戻れませんでした」

働いていないということは、マクシームはジャスミンに寄生している状態だったのだろう。ならば宿主を殺すわけにはいかないので、宿主が折れてくれるように幼児が駄々をこねるかのように暴れたと。そしてその結果、伯爵と伯爵夫人と公爵子息と王太子が人質に……。状況は理解したけれど意味が分からない。どう考えても父のタイミングが悪すぎる。

「そんな男、捨てて正解ね。役に立たないどころかお荷物じゃない」

「そうね。私も同感だわ。きっとここで折れて結婚したら、ことあるごとに脅して従わせようとしてくるはずよ。子供が生まれればそちらだけで大変なのに、さらに旦那のおもり？　ないわね」

ヴィクトリアとエミリアはマクシームについて辛辣に評価し、互いにうんうんと頷き合う。

「そもそも、理想ばかり口にしているというのが気に食わないわ。別に少年の心は持っていてくれて構わないのよ？　でもそれは婚約者に迷惑をかけないことが前提ね。少年の心を持っていようと、婚約者はお母様じゃないもの」

「働いて稼いでないならば、お母様だけではなく、経済面はお父様の面も求めているということでしょう？　あまりに求める役割が広すぎるわ。だって働いて面倒も見て、自分を甘やかせと言っているのでしょう？　大きな赤ん坊など、可愛くもないし、見苦しいだけね」

「そもそも少年だから理解していないのかも。自分がよければそれでいい的な感じかもしれないわ」

ポンポンと出てくる、犯人を貶す言葉に、ジャスミンは目を丸くした。

「私がしっかり彼を止められなかったからだと言われるかと思いました……。あの時戻っていれば、人質事件は起こらなかったと思いますし」

「凶器を振り回す男を止められる女性なんてほとんどいないわ。そもそも恋人なんて、結婚したわけでもないし、ただの他人ではないの。マクシーム以外に責任がある人間がいるならば、親でしょ。でも成人してても親に責任を取ってもらう男とか気持ち悪いわね」

「イリーナはダメ男が婚約者だったらどう思う？　ああ、でもイリーナはミハエル様のためならば、全部我慢してしまうわね」

「それに実家のためなら、どんな相手でも我慢しそうな性格よね」

いや貴族の場合は、実家のために結婚というのは普通なのでは？

そう思ったが、確かにミハエル様のためならばどんなことでもするし、元々親が決めた結婚ならば、どんなに最悪な相手でも従うつもりでもいた。だから二人が言うことも合っている。

でもこの場合は――。

「あの、そもそもこの結婚は、前提条件として彼女の方に利点がなくないでしょうか？」

「えっ？　利点？」

私の答えが上手く伝わらなかったのか、ジャスミンは戸惑った顔をした。

「はい。恋心がなくても結婚はできますけれど、政略結婚では自分でなくても家に利点がある結婚です。銃を持って周りを脅すような短絡な性格の場合、家にも迷惑です。しかも稼いでないので養われる気ですよね？　何のために結婚するのでしょう？」

今の時点で彼の価値はゼロだ。政略結婚の前提条件が整わない。

「何か光るものがあり将来にかけて投資するというのならあれですが、投資をするかどうかは、相手側次第です。その理由が恋だろうと打算だろうと憧れだろうとなんでもいいのですけれど、それをする気が失せたのならばそこまでですから、その後の契約はしないというのは普通では？」

だから契約を継続してもらえない自分が悪いのであって、相手を恨むのは間違っていると思う。ましてや、ただ駄々をこねるなど、さらに価値を下げるだけだ。

「姉上。思ったのですけど、今の話を犯人が聞いたら図星をつかれすぎて激怒して、隙が生まれませんか？　犯人が彼女を見つけた時点で、犯人の意識はそちらに気を取られるかもしれませんが」

「確かにそうね。ただし激怒した犯人が発砲してくる可能性もなくはないわね」

犯人は、かなり無計画に、その場限りで動いているように感じる。父達を人質にとったのもそうだし、ついでとばかりにミハエル達も連れ込んだのもそう。いつ暴走して発砲するか怖い。

「そうかしら？　今の今まで一度も発砲してこなかったのよ？　ジャスミンが逃げた時も。私は発砲する度胸がない男だと思うわ」

「でも現役武官であるミハエルが大人しくついていったということは、いつでも発砲して誰かを打ち抜ける状況ということではないかしら？」

ヴィクトリアの予想に、エミリアが付け加える。

確かにミハエルは武官なのだから、隙があればなんとかしたはずだ。

「となると、誰かの頭に拳銃がつきつけられているのかもしれませんね。ただしエミリアが言う通り、犯人は口では大きなことを言っても臆病で、すぐに発砲はできない性格の可能性が高いですね。でもこの状況に計画性を感じないのですけれど、何処でどんな理由で拳銃なんて手に入れたのでしょうか。今日のためということはないと思うんです」

初めからジャスミンを脅す目的で持っていた可能性は低い気がする。別に脅すなら銃でなく刃物で十分だ。そして計画性のなさから言って、ジャスミンから別れ話が出ることがマクシームにとって青天の霹靂だったと思うと、やはりこのために拳銃を用意したとは思えない。無職であることから見て、そもそも拳銃を買うお金なんてあったのだろうか？

「あの。多分なのですが、何か悪いことに手を出そうとしたんだと思います。酒場で異国人と付き合ったりしていましたし……常々、自分はいつか大きなことをするとか、国をよくするとか、金持ちになるとか言っていたので……」

異国人のすべてが悪いわけではないし、それを言い出したらエミリアは異国人だし、ヴィクトリアも異国に嫁いでいるので、国籍は異国人になる。ただ酒場の異国人というのは、この間、氷龍の多発の件でベリャエフ伯爵をそそのかした異国人を連想してしまう。

「気にはなるけれど、何処で手に入れたか考えるのは後でいいのではないかしら。たぶん彼は、何かの目的で渡された拳銃を突発的に私用で使っているのだと思うわ」

「……後々、口封じされそうね」

「く、口封じですか？　えっ。それって、殺されるとかそういう？」

ヴィクトリアが呟いた言葉に、ジャスミンは目を見開いた。口封じなんて普段の生活では出てこないだろうし、いくら愛想をつかしたとしても、知り合いが殺されるといなれば心穏やかではいられないだろう。

「あら。拳銃で脅して結婚を迫るような男だけれど、気になる？」

「……はい。マクシームは馬鹿で、駄目な男で、本当にアイツとの結婚はないです。でも……それなりに付き合いが長いので情があると言いますか。殺されるほど悪い奴とは思えないというか……」

拳銃を向けた時点で殺されても文句はないと私は思ってしまうが、確かに一発も彼は発砲していない。それに私がもしもミハエルと敵対して銃を向けられたとして、ミハエルに死んで欲しいなんて……無理。考えただけで吐きそうだ。

そもそも相手に向ける感情が違うといえばそうだけど、ただの知り合いだとしても、死んだというのは楽しい話ではない。

「逆に捕まってしまった方が、口封じは安心かもしれないわね。外に逃げ出せない代わりに、中にも簡単には入りこめないから」

看守が犯人と繋がっていればどうにもならないけれど、普通は牢獄に入れたなら、そこで死なないように面倒を見る。ある意味守られていると言ってもいい。

「だったら私……おとり役になります。多分私が出ていけば、マクシームのことだから出てくると思います」

ジャスミンは震える手を胸の前で握っていた。拳銃を持っている相手だ。怖いのだろう。逆上して発砲したり、心中しようと言われたりしないとは限らない。

「それなら、私もいっしょに行きます。一人より、二人の方が怖くないですよね？」

「でも……」

「あそこには私の大切な人がいますから。それに私が貴方を守ると言ったので。一人にはさせません」

「イリーナ様……」

結婚していない、元彼なんてただの他人だ。ジャスミンがマクシームを捕まえる協力をしてくれるのはありがたいが、そもそも彼女がそこまでする義理はない。

だからこそ、私も最大限に彼女を守れるように、せめて恐怖が半減するように付き添おう。

「私もご一緒していいかしら？　犯人の気さえそらすことができれば、キリル的には犯人が発砲する前に、取り押さえられるかしら？」

「できます」

……できるのね。

あっさり言ったということは、一瞬の隙ができれば、それで意識を刈り取るところまでできるという自信があるのだろう。彼女と女性陣が喋っていれば、間違いなく犯人の意識はこちらに向くはずだ。

「なら私も一緒に行くわ。打算だけど、ここでエミリアに恩を売っておいた方が、後々の私の処分について考慮してもらえますわよね？」

「ええ。もちろん、とても協力的だったと口添えするわ」

ヴィクトリアの言葉をエミリアが請け負う。ヴィクトリアの使用人が捕まったのだ。異国に子供を残したままなのだし、無事に再会できるように彼女が打算で動くのは当然だ。

「僕はキリルと一緒に動いていいですか？」

「えっ？　アレクセイ？」

女性で気を引いて、キリルが犯人の意識を刈り取るという方法で作戦をまとめようと思ったところで、アレクセイが手を挙げた。

「前の氷龍の討伐の時、彼の動きが凄かったので、近くで見ておきたいです。あと、キリルが犯人に向かっている間に人質が拘束されていたらそれを取り除いた方がいいと思うんです。そうすれば自力で逃げることができますから」

これだけキリルが自信満々なのだから犯人は問題なく取り押さえられるだろうが、不測の事態に備えるのは大切だし、アレクセイならそれぐらいは可能だとは思う。

ただアレクセイは素人だ。足手まといで邪魔だと思う可能性もある。

「あの、キリルは弟がついていっても大丈夫ですか？」

「問題ありません」

「えっと、じゃあ、俺は……その……」

アレクセイまで役割ができてしまったことで、犯人の元彼女を連れてきてくれた、ユーリだけ役割がない状態になってしまった。どうしようといった様子で、彼はおどおどと声を上げる。

「あ、ユーリは待機でよろしく。ユーリの運動神経的に、ついてこられる方が迷惑だし、今から女装する暇もないし」

「俺的にもその方がありがたいけれど、なんだかムカつくな」

「そう？　言い方悪かったならごめん。でも適材適所だし、ジャスミンを探し出してくれてありがとう。とても助かったし、ユーリがいてくれて本当によかったよ。今この作戦が立てられるのはユーリのおかげだし、ここまでで十分なことをしてくれたと思っている。今度この借りは何かで返すよ」

「へあっ？　あ、うん。どうも」

アレクセイが感謝を伝えると、ユーリは顔を赤くして照れた。

「私からもお礼を言わせてくれる？　どうもありがとう」

私の人脈では、ジャスミンを見つけ出すことはできなかっただろう。

「いや、と、とんでもないです」

「頬(ほお)を染めるな。姉さんのことを好きになったら……」

「怖っ。俺は絶対人妻には手を出さないから！　やめろ。アレクセイが言うと、本気で怖いんだよ。感謝していたんじゃないのか？」

「それとこれは話が別」

友達とじゃれる弟を見て、気の合う友人と楽しく学生生活を送れているようで何よりだと思う。

ともかくやることは決まったのだから、あとはやるだけだ。

どうしてこうなったのか。

女装姿で床に座り、背中で手を結ばれた状態で俺は、心の中で反省会をする。王太子と一緒に人質になるなんて武官として情けない。とはいえ、イーシャの父親であるカラエフ伯爵の頭に銃がつきつけられている上に、王子がいる状態だ。下手(へた)に犯人を刺激するわけにはいかなかった。

そもそもの発端は、イーシャとエミリア王女が滞在している屋敷に、エミリア王女の説得及びプロポーズをするため王子と訪れたことから始まる。来たのはいいものの、事前に連絡していなかったため運悪く留守にしていた。しばらく待っても帰ってこなければもう一度出直そうかとしているところで、銃を頭に突きつけられた状態のカラエフ伯爵が帰ってきた。

距離的にどう考えても俺が犯人を倒すより、義父の頭に風穴が空く方が先なため、強硬手段には出られず、言われるままに一緒に屋敷の中に入り人質となってしまった。

俺達の腕は銃を突き付けられたままの義父によってロープで縛られ、現在に至る。義父の運動神経がどの程度なのかはイーシャから聞いているので、犯人に反抗しろとは口が裂けても言えない。

俺はイーシャの両親を見殺しにできないため動けないが、王子は北部の関係でカラエフ伯爵を粗末に扱えないため、素直に犯人の指示に従っている状態だ。ある意味よかった。これで王子が義父達を犠牲にしてでも自分が助かるように動けば、俺もそれに従わなければいけなかった。

「巻き込んでしまって本当にすみません……」

「いえ、義父上も巻き込まれたのですから」

義父は小声で何度目かの謝罪をした。

犯人は義父の頭に銃を突きつけたまま、カーテンの隙間から外をしきりに気にしている。しかしこちらが小声で話をすることに関しては特に咎めなかった。そのため義母から事の次第を聞いて、何が起こっているのかは知っている。

とりあえず、義父は悪くない。もしも悪いところがあったとしたら、それは運だ。男の要求は恋人が自分に謝罪し、結婚に承諾することらしい。でも正直激高したら拳銃を振り回して脅す男とは結婚したくないだろうし、しなくて正解だと思う。もしも自分がその立場になってイーシャに結婚してもらえなかったとしても、沢山の言葉を伝えて、誠意をもって口説きつづける。

何振り構わず、恋人を諦めない心には共感するが、脅して一緒になるのは違うと思う。俺は自分に怯えて従うイーシャなんて、想像したくもない。もしもそうなってしまったら自分自身を憎むだろう。結婚してもイーシャが幸せでないならば、意味がない。結婚は自分が相手を幸せにしたいからするものだ。

「ジャーシャ!!」

唐突に男が女性の略称を叫んだ。ジャーシャの正式名はジャスミン。俺の知り合いにはいない名前だ。そしてこの男が待ち焦がれたかのように呼んだのなら、それは彼の待ち人、つまり彼女なのだろう。

男は隙間から覗くのが煩わしいとばかりにカーテンを開けた。薄暗い部屋に光が差し込み明るくなる。床に座っているので外の様子が見えないけれど、彼女は一人で来たのだろうか？

「自分が間違った選択をしたと気が付いて、謝りに来たのか！　まあ、俺は心が広いから許してやらなくもないが、二度とそんなことをしないように結婚を――」

「私はこれまでマクシームを駄目にするだけだったのだから、それについては謝るわ。ごめんなさい。貴方の要望ばかり聞いていては駄目だったのね」

「は？　何を言って？」

「最初に言った通りよ。お願いだから、私と別れて！　私はマクシームとはもう一緒にやっていけないの。だから結婚はしないわ！」

ジャスミンはきっぱりとマクシームに話した。その言葉は彼が予想し、望んだものではなかったのだろう。唖然とした後、キッと眉を吊り上げた。

「ふざけるな。そんな言葉を聞きたいんじゃない。そんなこと言ったら、どうなるか分かっているのか？」

マクシームは義父を窓の近くに出し、頭に銃口を押し付ける様子を外に見せつけた。

「あら。それは口説くにしては、少々無作法ではないかしら？」

男の風上にも置けない、卑怯で最低な奴だと思ったが、外から俺の言葉を代弁するかのような女性の声が聞こえた。

場にそぐわない、落ち着きあるこの声は俺も聞いたことがある。

とっさに隣で一緒に縛られているレオニードを見れば、一番関係深い彼も同じ人物が思い浮かんだのだろう。王子らしからぬ顔で目を見開いていた。

現在立てこもっている屋敷は、先ほどまでエミリア王女が滞在していた部屋だ。戻ってきてもおかしくはない。

それでも王女ならば、大人しく安全な場所で守られていて欲しかった。

「そうですわね。ご家族が決めた結婚ではなく恋愛による結婚ならば、双方の同意を持って結婚は成立するはず。政略結婚でもないのに、女性ばかりが我慢する結婚なんて誰も幸せにしないわ」

あっ。この声も聞き覚えがあるぞ。

俺は侯爵家のご令嬢であるヴィクトリアの声までして頭を抱えたくなった。なんでこんな危険な場所にご令嬢がいるんだ。

そしてこの二人がいるならば、俺の最愛の妻であるイーシャがいないはずがない。

イーシャは妊婦なんだぞ？　何でこんな場所にまで連れてきているんだ。

その上で、あえて犯人を煽るようなことを言うのはわざとなのか？　俺達は無謀なことをする女性陣に顔を引きつらせた。

「そうそう。政略結婚は家の都合だけで決められていくから、のみ込むのが大変なのよね。もちろん覚悟はずっと前からしているわよ。でも周りが勝手に決めた上に、自分達のための結婚なのに、言葉たくみに私のための結婚のように言うのって、本当に腹が立つの」

「うぐっ」

隣でレオニードが呻く。婚約者からの直球の駄目だしに胸が痛むのだろう。きっと心当たりがあるに違いない。

「せめて私のためだと言い訳せず、本人が面と向かって誠心誠意でお願いしてしかるべき事柄だと思うわ。これから今まで生きて来た人生よりも長い時間を共にするのに、信頼関係がまったく築けてない状態で手抜きとかあり得ないでしょ？　いえ、そもそも信頼関係が築かれていたとしても、相手を思いやる気持ちがかけらも見えない相手を尊重しろとか、酷すぎると思わなくて？」

「ごめんなさい。もうやめて……」

レオニードは異国からわざわざ嫁ぎに来てくれた相手に、プロポーズもしていない。恋愛結婚ではないからと、自分より俺が行った方がいいとか頓珍漢（とんちんかん）なことを言って向き合ってもない。

彼女の言葉は刺さりに刺さりまくっているようだ。

……まあ、エミリア王女が怒りたくもなる気持ちも分かる。これはレオニードが全面的に悪い。

「そうよね。嫁ぐのは異国に関係なく、生活を大きく変えなければいけないのだから、とても労力を必要とするのよね。異国だったら言葉や習慣すら違うし、無意識の差別まであるもの。でも異国でなくても、結婚前とまったく同じ生活なんてできないわ。それは男性と女性どちらも同じなはずだけれど、男性って女性には変えろと言うのに、自分の生活は独身のままって人もいるのよねぇ」

妙に具体的に言っているのは、ヴィクトリアがそうだからか、それとも結婚後にそう感じる女性が多いからか。

「ぐふっ」

「ぐっ」

義父と王子が胸を押さえて呻く。

義母はにっこりと笑っていた。……果たして、義母はどう思っているのだろう。

「だからせめて女に嫁ぎ先に合わせろというのなら、旦那は妻の愚痴ぐらい聞く度量は欲しいわ。そしてたとえ相手が実の両親であろうと、他者から妻子の体と心を守ろうとするだけの気概が必要よね。自分が楽をするためや世間体だけの結婚なんてなんの価値もないと思うの。それぐらいの覚悟もないのに、結婚しろなんて女性に言わないで欲しいわね。人形遊びをするわけじゃないのよ？」

レオニードと義父が胸を押さえ呻いているのを横目に、俺はイーシャを守れているだろうかと自問自答してしまう。

そして犯人は、顔を真っ赤にしてプルプル震えていた。どうやら言葉の棘が大きく刺さっているらしい。でも義父達のように反省するというより、図星をつかれたことに怒りを覚えているようだ。

「そうですね。その点、ミハエル様は完璧です！」

そんなことを思っている時だ。俺の耳に元気のいい声が飛び込んできた。

イーシャだ。やはりエミリア王女達と一緒にいたらしい。

危険だからとにかく離れて欲しいと思うと同時に、イーシャは俺との結婚についてどう思っているか聞いてみたくなる。……でもちょっと待て。今、イーシャはミーシャでもミハエルでもなく、俺の最大のライバル【ミハエル様】と言わなかったか？

「いつだって気遣いの塊ですし、どんな時でも守ろうとしてきます。敵が人であっても神形(みかたち)であってもです。水大烏賊(クラーケン)だろうと地龍(アースドラゴン)だろうと、どんな神形が現れても颯爽(さっそう)と打ち倒し、守ろうとして下さいます。また異国の諜報員(ちょうほういん)に襲われ、もう駄目だと思い彼の名を呼んだ時は、何処からともなく現れ、勇者のように地面に突き刺さった剣を抜き、そのまま振り向き見事倒したのです！　その雄姿はまさに聖人、いえ、神です！」

ああああああ。イーシャだけが、使徒モードになっている！

俺はこの心のもやもやを叫びたくなった。イーシャの気持ちを知りたいとは思ったけれど、それは使徒モードではないんだよね!!

「また、苦手な社交でも、どうしても苦しければ逃げてもいいのだと私に逃げ道も示してくれました。もちろん私が逃げ出さないと信頼しての発言、まさに気遣いの塊です。すべての女性が虜(とりこ)になること間違いなしです。そもそもあの神がかった美貌(びぼう)は、誰をも魅了します。舞踏会に参加すれば女性に囲まれ、終始注目の的。分かります。一度見たら目を離すことなどできません！　これは自然の摂理です！」

自然の摂理じゃないよ。それは、妻が思う感想じゃないはずだ。

普通なら嫉妬して、私だけを見てとか言う場面でしょうが。なんで自信満々に、言い寄られていることを自慢しているのか。そして状況を思い出して欲しい。今は布教活動をしている時ではない。

しかしイーシャは止まらない。

「私ごときの相貌で、神の隣に立つのは少々辛くなる時もあります。でもそれはどのような女性が隣に立とうと同じこと。どんぐりの背比べ。そもそもミハエル様は女装しても女神のように美しく、女性の私よりも輝かしい美貌なのです。サラサラな銀の髪に青空を写したような美しい瞳。誰かと比べるのが罪です！」

イーシャ。お願い止まって。

女装しても美しいとか嬉しくないから。

「さらに生まれ持った才能が高いのはもちろんですが、その後の努力も欠かさなかったおかげで、今の彼があるのだと思います。家柄だけでも駄目。才能があるだけでも駄目。努力し磨き上げたからこそ彼の強さがあり、やさしさがあるのです。そうですね。もしも意中の女性を手に入れたいのなら……」

イーシャが言葉を溜めた。

少し軌道修正された気がしなくもないけれど、嫌な予感がする。でも暴走したイーシャを止めるつわものが現れない。

「心を入れ替え、ミハエル様になりなさい！」

「なれるか！　そんな妄想の生き物に!!」

犯人が反射的に叫ぶようにツッコミを入れた。

その言葉に俺も全力で同意する。そんなミハエル様は、イーシャの信仰の中にだけ存在し、この世にはいません。

「私も言わせてもらっていいですか？」

「ジャーシャ。お前はこんな妄想する痛い女じゃないよな？」

「何を言うのですか。ミハエル様は存在しまっ……むぐ」

どうやら誰かがイーシャを止めたようだ。

でも犯人、お前は許さない。イーシャは決して痛い女じゃないし、ミハエル様は実在する。

……いや、やっぱり実在はしない？

なんだか混乱してきた。

立てこもり事件でもっとピリピリしているはずなのに、この空気はなんだろう。

「確かにイリーナ様が言われるような理想の殿方は、彼女の旦那様だけだと思うわ。心やさしいイリーナ様の隣にはそんな絵にかいたような完璧な人がいてもおかしくないもの。でも世の中、私もマクシームも含め多かれ少なかれ、いいところも悪いところもあるの。マクシーム、私は働くのは嫌いではないのよ？　それに貴方と一緒に、世界がこんな風になったらいいのにと理想を語り合う時間も好きだったわ。でも貴方が一度たりとも私を守ってくれなかったのは嫌だった」

「は？　何から守れって……」

「私だけでは生活が大変だから働いてと言っても、こんなものは自分がやる仕事じゃないと言ってしてくれなかったわ。今まで働いてこなかったから、今更誰かに頭を下げて教えを乞うのが怖かったんでしょ？　貴方は私のために恐怖と戦ってくれず、逃げたの！」

「違う！　俺はもっと凄いことをして――」

「別に凄くなくてよかったの！　イリーナ様は私を守ると言って、一人でマクシームと対峙しなくていいようについてきて下さったわ。別にイリーナ様が拳銃にも勝てるなんて思ってないわ。それでも守ろうとして下さった。その時、私はマクシームに大物になってもらうより、私を大切にして欲しかったんだと気が付いたの」

　いや。イーシャの場合、拳銃相手でもどうにかしてしまいそうな怖さがある。彼女はまだイーシャの底知れなさを知らないのだろう。

「だから別れて。そしてもしも私と結婚して欲しいのならば、イリーナ様になりなさい！」

　バーン!!

　そんな効果音が聞こえてくるぐらい、堂々と彼女は宣言した。間違いなく、さっきイリーナが言った言葉を流用している。

そしてそこはかとなく、彼女がイリーナ教へと足を踏み入れてしまったのを感じ、白目を剥きそうになった。イーシャが尊敬されるのは嬉しいけれど、イーシャの弟という最大の教祖を知っているので頭が痛くなる。

「女になれるわけないだろ！」

違う。そうじゃない。

でも反射的に犯人が叫んだ瞬間、銃口が義父から外れた。

このまま体当たりするべきかと考えたが、俺が動くより先に、犯人が窓の外に吹き飛んだ。は？

そして一緒に黒い影が窓から出ていく。あまりに早く、しっかりと目で追えなかったけれど、あの黒い影はキリルか？

「大丈夫ですか？　今、腕の拘束を外します」

「えっ、アレクセイ？」

「これで、以前氷龍から守って下さった借りは返しましたから」

彼は小さく言い訳のようなことを言うと、手早く俺を縛っていたロープを外す。……手馴れた感じで、かなり早い。イーシャも似たような技能を持っているのでそこまで驚きはないけれど、武官ではないのだから普通ならばもっと手間取ると思う。

さっと俺のロープを外せば、アレクセイはそのまま隣に座っていたレオニードのロープに取り掛かる。

「後に回してしまい失礼しました。義兄が先の方が、何かあった時にとっさに動きやすいと思いましたので」

戦力で言えば、レオニードよりは俺の方が高い。もしもの時に動くことを考えれば俺が先の方がいいけれど、身分は王太子である彼の方が上だ。多分アレクセイはレオニードの正体を知っているのだろう。眉を下げ申し訳なさそうな顔をしている。

「いや。構わないよ。むしろ助けに来てくれたことに感謝する」

「光栄です」

話している間に縄ほどきは完了した。義父は縛られていなかったので、義母のロープを外している。

「そうだ。イーシャ」

ぼーっとしている場合ではない。

犯人はキリルが取り押さえているはずだけれど、イーシャがいる方向に吹っ飛んだのだ。何があったとしても身を挺して守ろうと、俺は走って外へ出た。

◇◆◇◆◇◆

私がミハエル様について語っていると、『なれるか！　そんな妄想の生き物に!!』という、一生分かり合えない感想を犯人が述べた。

反論しようとしたが、その前に当然のようについてきたオリガに口を塞がれる。

おっと。久々に思う存分ミハエル教を語ったために、少し暴走してしまった。ミハエル教の布教活動を我慢し、日記に思いのたけを書きなぐっていたが、それでも布教欲が溜まっていたようだ。

その後、一方的に語っていた私に代わり、ジャスミンが犯人に語り掛けた。これは邪魔をしない方がいいだろうと、もう暴走はしないという意味でポンポンとオリガの手を叩けば口から手が離れた。

でもなんだか、ジャスミンの言葉がところどころおかしくないだろうか？

しかも極めつけは『もし、私と結婚して欲しければ、イリーナ様になりなさい！』だ。明らかにおかしい。

「分かるわ。イリーナと結婚できたら幸せでしょうね」

「そうね。間違いなく理想よね」

「えっ。そこに同意します？」

悪ノリで、エミリアとヴィクトリアが頷くけど、どう考えてもおかしい。案の定、犯人が女になれるはずがないという、至極まっとうな反論をした。

でもジャスミンの渾身のボケのおかげで犯人の銃口が父から外れた。

そしてそれに気が付いたのと同時ぐらいに、犯人の体が窓の外に吹っ飛んだ。まさに一瞬のできごとだった。

キリルは犯人が吹っ飛んだ場所へ、窓枠を乗り越え跳ぶと、倒れ伏した犯人を足で押さえつけ、腕をひねり上げた。体勢的に結構痛いと思うが、すでに意識が飛んでいるらしい犯人は白目を剥いており、何も言わなかった。

「犯人を確保しました」

「思った以上に、早かったですね。お疲れ様です」

方法はかなり衝撃的だったけれど、この場に王太子とその婚約者である異国の王女がいるのだから、早く確保することは大切だ。大切なのだけれど普通ではないので、離れた場所にいる野次馬も含め茫然としている。早すぎて何が起きたか分からないのかもしれない。

「……あっ、よ、よかったわね。これでこんな大きな赤ん坊にまとわりつかれて生活する必要がなくなったわ」

微妙な空気を変えるようにエミリアが犯人の元彼女であるジャスミンに話しかけた。

「そうよ！　自分で産んだ子供の面倒だけでも大変なのだから。いつ成長してくれるのかも分からない大きな赤ん坊を抱えて働くなんて無理よ。次はもっといい男を見つけなさい」

「はい。ありがとうございます！　でも私、男に頼らずに生きるのもいいなと思っていて……」

ジャスミンはオリガの方をチラッと見た。ああ。そうね。こんなことがあったら、もう恋愛はこりごりだと思っても仕方がない。オリガのように働く女性に憧れるのも分かる。

でも言いたいことを言ったからなのか、ジャスミンは後ろ向きな暗い顔はしていなかった。むしろエミリアとヴィクトリアも含めすっきりした顔をしている。周りに宗教で迷惑をかけないよう今まで我慢した分、私も今日は思う存分ミハエル様をたたえられて、すっきりした。ああ、やはりミハエル教は体にいい。

「イーシャ！」

よかったなとほっとしていると、玄関から私を呼ぶ声が聞こえて振り向いた。そこには、女神が必死な形相でこちらを見ていた。

「えっ。どうしよう。女神がいる……」

「いや、俺だから。イーシャの旦那のミハエルだから。そして、朝もこの姿見たよね。なんで初見みたいな顔で感動しているの？」

「ミーシャの顔は何度見ても、感動できますから」

しかも女装したミハエルは希少です。……いや、でも、意外に何度も見ているような？　一番最近だと、今年の冬に……。でも金髪のミハエルは希少だし、この服の女装は初めてだ。やはり希少価値ありだ。それに朝のミハエルと昼のミハエルは違う。

「エミリア」

女神ミハエル様は希少なのかどうかを検証していると、今度は王太子殿下が玄関からゆっくりと出てきた。いつもの不遜な様子はなりを潜め、とても困ったような顔をしている。

「なんでしょうか？」

「その……俺を助けにきてくれたんだよね？」

「ええ。成り行き上そうなりましたわね。もっとも、私が家出したことで殿下が巻き込まれたのですもの。当然のことですわ」

エミリアはニコリと微笑んだ。その笑みは隙がなく、本当の感情は見えない。

「いや。当然ではないと思う。……ありがとう。今回助けてくれたことも。俺のために、この国へ来てくれたことも」

どう言っていいものかと迷うように目線を下げていた王太子だったが、意を決めたように顔を上げた。

「すでに気が付いていると思うが、俺は完璧な王子様ではない。国内にも外国にも敵がいて、沈みそうな船に必死にしがみついて何とかバランスをとっているだけの男だ。能力もミハエルに劣るし、正直俺が王子たらしめているものは血筋だけだ」

王太子の言葉をエミリアはさえぎることなく、静かに聞いていた。

もちろんミハエル様に敵う人などいないと私は思うけれど、だからといって王太子が卑下しなければならないほど、できが悪いなんて噂は聞いたことがない。でもそれが彼の中で真実であるように語る。

「それでも俺が、王太子なんだ。だからこの国を守るために力がいる。そのためにエミリアに政略結婚を申し込んだ」

「存じておりますわ」

政略結婚は愛しているからではない。何らかの利益が双方にあるから結ばれた関係だ。エミリアも周りに強制されたとしても、それを分かった上でこの国にいる。

「俺は俺のために来てくれた君と、ちゃんと向き合わなかった。そのことは、申し訳ないと思っている。すまなかった」

王太子は頭を下げた。そしてゆっくりと頭を起こす。

「王太子が簡単に頭を下げてはいけませんと言った方がよろしいかしら？」

「いいや。今はただのレオニードとしての謝罪だ。王太子ならば、衣服や装飾品を贈り、生活を保障すれば、それで十分だと言われるからな。でも君が王女であると同時に、エミリアであるのだから、これはエミリアにあてた謝罪だと思って欲しい」

「私にあてたもの……」

「俺はそれほどできた人間ではないから、君がどんな理由で家出を選び、何を考えているのか分からない。色々考えたけれど、それは俺の頭の中にある情報だけで予想したものにすぎない。だから君について教えてくれないだろうか？　君の口から、君について教えて欲しい。そして俺に不満があるのならば、改善できるよう努力する」

改善すると言い切らないのは、王太子なりの誠意だろう。彼がいくらレオニードとして話しても、王太子であることは変えられない。だからエミリアのすべての要望は聞けないこともある。

「俺には君が必要だ。俺はミハエルとは違って不完全だからこそ、一緒に支えて欲しい。もちろん君にもたれかかるだけでなく、自分で努力もする。だからどうか帰ってきてくれないだろうか？」

王太子は膝をつき、エミリアに手を差し出した。

緊張した顔で、エミリアを見つめる。

「……結論から申しますと、この家出は私を殺そうとする者をあぶりだすためですわ」

「は？」

「私はこの国で生きていくのならば、生活の場ぐらいは気を抜いて落ち着きたいのです。でも誰を信じればいいかが分からないぐらいに、私の個人的なことがお茶会であることないこと噂されます。さらに死なない程度の毒をしかけられたり、賊が忍び込んだり、針が皮膚に刺さるよう、ドレスについていたりと、小さな悪意は山ほどありますの。そして四六時中武官に見張られているのにも疲れました。護衛なのか監視なのか分からない者もいますしね」

なんだと？

ドレスはものによっては、着た後に針で止めたりもするけれど、皮膚に刺さるようにというのはあり得ない。そして毒なんて、さらっと言っているけれど恐ろしい。死ななければいいとは思えない。

そして四六時中武官がついていて落ち着けない状況にされても、エミリアが小さな悪意に気が付けるぐらいすり抜けているのだろう。

それは家出もしたくなる。でもあぶりだすためということは、エミリアはおとり？

「それは――」

「後は私の後ろにいる権力だけではなく、私自身で貴方に手土産（てみやげ）を準備してみたかったのですわ」

「なんでそんな危険なこと……。それに言ってくれれば」

「政略結婚ですもの。自分の身は自分で守らないといけませんし、ただの人形ではないのだと価値も示さなければいけないでしょう？　ないがしろにされないためには」

エミリアは困ったように微笑んだ。

「でも政略結婚だからこそ、婚約者が私を守るのが当然だと家出中に諭されてしまいましたわ。出すぎた真似（まね）をしました。ただ今頃（いまごろ）、私が国から連れてきた忠臣が、私の身の回りの仕事をしている者の精査を行っております。私が家出したことを漏らす不届きものを見つけ、そこから何処の貴族が動いているのかを見つけるために」

「不甲斐（ふがい）なくて申し訳ない……」

エミリアは思わず出たような王太子の謝罪に少し目を見張った。周りに見せるためというより、つい出てきた感じが、本当に反省しているように思える。

「……私の話を聞いて下さるのは嬉しいのですけれど、私にもレオニード様のことを教えてくれませんか？」

エミリアは少し困ったように首を傾げレオニードを見る。

「私が思っている王太子殿下とはまた違った印象を感じました。私も認めてもらうためと少し意地になっていたとように思います。まずは互いを知るところから始めたいですわ」

「どうかレオニードと呼んでくれ。運命共同体であり、この国を支え守る同志となるのだから」

「ええ。分かったわ、レオニード」

エミリアはゆっくりと瞬きをすると覚悟を決めた顔で、その手を握った。でもその顔は、とても晴れやかだった。

なんとかエミリア達の婚約騒動も落ち着きそうでよかったと思った時だ。視界の端で、誰かが何かを拾う動作をするのが見えた。嫌な予感がして、はっとそちらを見れば、それはマクシームが落とした銃を拾う動作だった。そしてその銃口が、エミリア達の方へ向けられたと思った瞬間、私は走り出していた。

「危ないっ！」

跳び蹴りを食らわせたのと同時に、発砲音が鳴る。銃口はまだエミリアの方を向いたままだ。

慌てて見れば、エミリアを抱えるようにして覆いかぶさる王子とその前に壁のように立ち塞がるミハエルが見えた。そして次の瞬間ミハエルがその場に倒れる。

「ミーシャッ!!」

「キャァァァァァッ!!」

私がミハエルの名を呼べば、悲鳴が上がる。

本当ならば、今跳び蹴りをした犯人を動けないようにした後に、拳銃を取り上げなければいけない。でも私は、気が付けばミハエルの元に走り寄っていた。

「ミーシャ、しっかりして下さい。何処を撃たれたんですか？　ミーシャ!!」

拳銃で撃たれたら致命傷ということもある。でも場所によっては、治療で治すことだってできる。でも治すことができたとしても、血を流し続ければどうにもできない。

だから、とにかくまずは怪我の場所を圧迫しなければ。

ミーシャの顔には白粉が塗られており、血の気がなく白いのか白粉のためかが分かりにくい。

「お願いです、ミーシャ。死なないで下さい。何処を撃たれたのですか？　早く止血をしないと」

幸いというか、頭は打ち抜かれていない。となれば撃たれた場所は首より下だ。一体何処なのかと、私は体を触る。

「……イーシャ、落ち着いて」

気は失っていないようだ。顔を少しだけ歪(ゆが)め、私に話しかけてきた。

撃たれたのだ。痛くないはずがない。本来なら、喋ることもできないぐらいだろう。それなのに話しかけるということは――。

「落ち着いていられるわけないじゃないですか！　早く治療しないと。私をっ……、私とお腹の子を置いていかないで下さい。私は諦めません。だからミーシャも。諦めたら、一生許しませんから!!」

最期の言葉なんて聞きたくない。

こんなに近くにいたのに、ミハエルを助けることができないなんて。

ぽたぽたと涙が零れ落ちる。泣いている場合ではない。泣いたら余計に前が見えなくなって、怪我の治療ができない。それなのに涙が止まらない。

もっと早く、拳銃に気が付いていれば。

もっと早く、蹴り倒していれば。

そもそも、ミハエルを巻き込まなければ。

色々な後悔が胸の中を渦巻く。でもそんな後悔も後だ。今は無駄口を叩いている暇はない。

とにかく傷口を見つけなければ。

「イーシャの心に一生残るのは魅力的ではあるけれど、そんな泣き顔のイーシャはあまり見たくないな。イーシャ、大丈夫だから、少しどいて」

ミハエルの体を触っていたら、その手を掴んで移動させられる。そしてミハエルがゆっくりと起き上がった。ミハエルは苦しそうではなく、苦笑いをしていた。

「大丈夫。打ち抜かれてはいないから」

「でも、倒れて……」

「それなりに衝撃があったからね。多分痣になっている。でもイーシャが銃口をずらしてくれた上に、これに阻まれたみたいだ」

そう言って、ポケットからミハエルは何かを取り出した。その形を見た瞬間、固まった。

「えっ。……なんですか、それは」

鉄製の人形が、銃弾によって見事にへこんでいる。でも驚く部分はそれではない。その人形はどういうわけか三つ編みをしており、どことなく、私が鏡で見る顔に似ている気がするのだ。

「幸せを呼ぶ春の精霊像（小）だね」

「はい？」

幸せを呼ぶ春の精霊像（小）？　春の精霊なんて聞いたことな――いえ、あるわ。うん。確かミハエルが昔私の子供の時の姿を描いてもらった絵がそんな名前だった。衝撃的すぎる人形と名前のせいで、涙も引っ込む。

「あ、なんで雪の精霊じゃないんですか?!　もしも作るなら、普通は有名な雪の精霊の像ですよね？」

「雪の精霊って、イーシャのことだからミハエル様の像だろう？　なんで俺が最大のライバルを持ち歩かなければいけないんだ」

「いや。妻の像を無断で作って持ち歩くのもおかしくないですか？　しかも金属製ということは、誰かに外注したのですよね？」

どんな顔でそんなものを頼んだの？

今はそれどころではないというのに、気になって仕方がない。

「妻じゃない。これは、春の精霊だよ？　精霊信仰のお守りなのだから、イーシャの許可はいらないだろう？　それに今、俺の命を守ってくれたのだから凄い御利益だよね！　作ってよかった」

いや。えっ。確かに像が銃弾をはじいてくれたのだし、ミハエルを守ってくれたことには感謝だ。銃弾によって形が歪んでしまったのも、ミハエル様ではないので心が痛まない。

「いや、え？　よかった？　いや、あれ？」

「本当によかったよ。死んでしまったら、イーシャに二度と触れなくなってしまったから」

そう言ってミハエルは私の手に自分の指を絡ませる。

繋いだ手は温かかった。生きているのだから当たり前のことだけれど、それだけでなんだか泣いてしまいそうだ。

「……本当です。もしも死んでいたら、たとえ『ミハエル様』が相手でも、絶対許さなかったのですから。ちゃんと子供が独り立ちするまで一緒に生きて下さい」

人は永遠には生きられないのは分かっている。

それでもこんな風に死んで欲しくない。

もう二度と私はミハエルを守り損ねないと、誓いの口づけを彼の唇に落とした。

エミリアが王宮に戻ったことで、私もようやく公爵家の屋敷に戻ることができた。そこで待ち構えていたのは、私の無茶を聞いて怒り心頭の姉妹だった。

しかもミハエルが人質になっていたのだ。きっと彼女達の怒りは、心配したからこその反動である。甘んじて受けるしかない。

「イーラ姉様、また無茶をしたって聞いたよ」

「沢山土産話があるのでしょう？　ゆっくりお茶でも飲みましょう。もちろんミーシャも」

ディアーナは据わった目で私達を見ている。これは逃げられない。

場を移すと、飲み物がすぐに用意された。準備万端である。

「拳銃を持った犯人に、跳び蹴りを食らわせたのでしょう？　身重の女性がすることではないと分かっていますわよね？」

「……はい」

まだ話していないのに、ディアーナとアセルはすでにすべてを知っているようだ。二人も独自に調べていたのだろう。

「心配をおかけしてすみませんでした」

もうこれは謝る一択だ。

これ以外に方法はない。

「まあまあ、二人とも。イーシャは俺を助けようとして無茶をして――」

「武官なのに危機管理がなっていないミーシャは黙っていてくれます？」

「むしろ、これに関してはお礼を言わないといけないんだよね。そのことがとっても複雑なの。なんでお兄様はイーラ姉様に守られるようなお姫様状況になっているの？　本職なのに」

「ごめんなさい」

ミハエルも姉妹に頭を下げた。ぐうの音も出ない正論だ。

本当ならば感動の再会や告白の見届け役をしている場合ではなく、真っ先に武器の所在を確認するべきだった。言い訳だが、あまりにキリルが強すぎて、武器の確保がスポンと抜けてしまったのだ。

そしてキリルも、あの撃たれた瞬間は、屋敷の中にいた。気絶させた立てこもり犯を連れて屋敷の中に戻りロープで縛った上で、父と母に怪我がないかの確認をしていたらしい。まあキリルは王女と王太子の恋愛劇など興味ないだろうから、そういう反応になるのも分かる。

「――今後はもっと気を付けて下さいね。特にイーラ。妊婦は回し蹴りだけではなく跳び蹴りも駄目なのよ。イーラの基準では激しい運動ではないかもしれないけれど、世間一般ではそれを激しい運動というの」

「はい」

そうですね。走ってはいけないと言われているのに跳び蹴りなんてもっと駄目に決まっている。私は説教の最後の締めくくりまで、神妙な顔で聞いた。二人は心配して言っているのだ。

それに私もミハエルが死んでしまうと思った時、自分のお腹の中にいる存在を強く認識した。今の私は、私以外の命も守らなければいけない。そのために、反射的に動いては駄目な時もあるのだ。

「まったく。夫婦だからって、相手のために無茶をする部分は似なくてもいいのに……。私は驚かされるのは嫌いではないけれど、こういうのはごめんよ」

「私もだよ。お兄様とイーラ姉様に何かあったら嫌だからね」

二人にはかなり心配させてしまった。年下にまで心配をかけた私は、二人の前で縮こまる。なんだかいつもこのパターンだ。

「まあともかく、説教はここまでとして、それで王女はどなたに狙われていたの？」

「ヴィクトリアの実家である、コーネフ侯爵家が関わっていたのは間違いないから、今は取り調べ中だよ。そして最後に撃った犯人も調べ中。こちらもコーネフ侯爵家が関わっていそうだね。よっぽど王太子がエミリアと結婚するのを阻止したかったらしいね。ヴィクトリアの嫁ぎ先が関わっているかは分からないかな。関わりがあったとしても、たぶん追及できるだけの証拠はそろわない気がするけれど」

「ヴィクトリア様はどうなるの？」

ついこの間、一緒にお茶をした相手だ。アセルは彼女の処遇が気になったようで、心配そうな顔をしている。私も彼女が不幸になるのは避けたい。

「彼女自身は関わっていないし、調査にも協力的だから、釈放されて嫁いだ国に戻ることになるよ。でもコーネフ侯爵は爵位返還になると思う。コーネフ家は武器を武官に卸していたりしていたから混乱は起こるだろうけれど、重罪を犯したのだから処罰が緩いと王家が責められてしまう。コーネフ家が消えたことにより、ヴィクトリア様はこの先この国に踏み入れることはないだろうね」

生まれ育った国に戻れないのは悲しいだろうが、ヴィクトリア自身は嫁いだ時にもう覚悟は決めていただろう。だから新しい家族がいる場所に戻れればそこで生活していける。

「よかった。まあ、お兄様が元気だから、そう言えるのだけどね。そういえば、銃で撃たれた場所は本当に大丈夫なの？」

「ああ。痣にはなったけれどね」

「撃たれた瞬間その場に倒れたので、ミーシャが死んでしまうのではないかと思い本当に不安になりました。慌てすぎたせいで救命処置のことでいっぱいになり、犯人や拳銃のことまで頭が回りませんでした」

私の跳び蹴りで気絶してくれていて運がよかったと思う。本当なら犯人の銃を今度こそ確保しておかなければいけなかった。でもあの時は発砲音とミハエルが倒れたことでパニックになってしまってそれができなかった。

後からその時のことを思い返せば、ミハエルは血を流してなかったし、もっと冷静に対処すればよかったと思う。

「それは当たり前よ。イーラは武官ではないのだもの。私なら救命処置すらできなかったと思うわ。それでミーシャの命を守ったお守りとはどんなものだったの？　たまたまそれに銃弾が当たったから助かったのだと聞いているけれど」

「えっと……」

ディアーナの質問に私の目が泳いだ。お守り……なのだろうか。

「これだよ。この、春の精霊（小）に守ってもらったんだ。題材はイリーナ。つまりイーシャに守ってもらったも同然だね」

待っていましたとばかりにミハエルが、金属で作られたイリーナ人形もとい、春の精霊（小）を胸のポケットから取り出した。銃弾の衝撃で一部変形してはいるけれど、元々はどのような形だったかは分かるぐらいの損傷で済んでいる。

「えっ……これって……」

「イーラ姉様？」

「違うよ。春の精霊（小）だよ」

やはり私以外の人にも、金属製のイリーナ人形に見えるようだ。モチーフとかそういうレベルを超えている。しかもイーシャに守ってもらったも同然と言っているところからして、ミハエルは隠す気がない。

それなのにミハエルは春の精霊（小）だと言い張る。そして、その（小）という不穏な言葉は何なのか。（中）とか（大）があるのだろうか？

考えると頭が痛くなりそうだ。

「春の精霊って何？」

「幸せを運ぶ春の精霊さ。題材はイリーナだけど、春の精霊はイリーナではないからイーシャには止める権利がありません」

「なっ」

えっ。私を題材に使っているけれど、私は春の精霊ではないから、私がその人形を作るのを止められないと？　何かおかしくはない？　あれ？

でも私ではなく、私によく似ているけれど、春の精霊という別物の場合、私がとやかく言うのはおかしい気がするような……そうでもないような？

「とうとうこんなものまで作り出してしまったのね」

頭痛いとディアーナが額を押さえる。確かに、実の兄が妻を題材にしたお守りを作り始めたら、頭痛がしそうだ。……布製ミハエル様人形を持っている私が言える話ではないかもしれないけれど。

でも私はまだ金属製には手を出していない。

「えー、でも、お兄様を守ってくれたんだよね。なら、私も一つ欲しいかも」

「えっ。アセーリャ？」

「イーラ姉様を模しているって言葉がなければ、お守りとしては普通に可愛くない？」

か、可愛い？

可愛いのだろうか？　この金属製の人形は。

私は自分によく似たそれを見ながら首を傾げる。

「実は武官の間でも、縁起物として量産しないかという話が出ているんだ」

ミハエルが大真面目な顔で、おもいっきりふざけた話をする。冗談よね？　お願い、冗談だと誰か言って。

「ひぃ。せめて、形はもっと有名な雪の精霊にしましょう。もしくはミハエル様人形（小）とか。春の精霊なんて誰も知らないですし」

というか、ミハエルが幼い頃の私の絵を描き起こさせたことが発端なので、絵師の方とミハエルにしか通じない知名度の低い存在だ。それに対して雪の精霊は、祭りまであるのだから一般的である。

そしてミハエル様人形の方が絶対御利益があるはずだ。

「いや、これは俺の命を守ったから意味があるのであって、雪の精霊とか、ましてやミハエル様人形に需要はないよ」

「あります！　ここに！」

「私は雪の精霊より春の精霊の方がいいわね」

「そ、そんな。ディーナまで」

まさかのディアーナがミハエル側についてしまって、私はショックを受ける。真面目なディアーナなら止めてくれると思ったのに。

「妹にならいいけど、量産はしないから安心して。イリーナ人形（小）を他の男が持っているとか嫌だしね」

「イリーナ人形（小）ってやっぱり言っているじゃないですか。駄目でしょう？　駄目ですよね？」

何とか思い留まってもらおうと、私はミハエルをがくがくと揺する。それを姉妹達は笑いながら見ていたのだった。

終章：出稼ぎ令嬢の見る未来

王太子の挙式は、王都にある一番大きな教会で行われる。

その後王太子と王太子妃は馬車に乗って、町中を回ることで無事に挙式が行われたことを宣伝する。それが終われば、深夜まで王宮で祝宴をすることで貴族へのお披露目となる。この挙式で動くお金も凄いが、本人達も休む暇がない、大変な催しだ。

レオニードとエミリアは政略結婚だ。それは今回の家出騒動でよく分かった。でも祭壇前で並び立つ二人はとてもお似合いだった。また拳銃を向けられた時、覆いかぶさるようにして守ろうとした王太子に、エミリアは前よりも歩み寄っているように見える。もしくはあの時、ちゃんと王太子がエミリアと向き合って話したから歩み寄れたのか。

とはいえ、二人は王女と王子。国の友好のために縁を結んだ二人が表に見せるのは、仲睦まじい様子だけ。だから私がそう思っているだけで、実際のところは今見せている姿が演技なのかどうかは分からない。きっとこの先、公式の場では二人とも仲睦まじい様子しか見せないだろう。私的な場でも、何処まで本音で話せるか分からない。それがその地位に立つ者としての義務だから。

厳かな雰囲気で教会での挙式を終えた二人は、そのまま馬車へと乗り、護衛に囲まれながら国民へのお披露目に向かった。エミリアが何度も襲撃にあっているので、かなり厳重な警備になっている。それはとても窮屈な生活だろう。

でもエミリアはそれを選び、にこりと淑女の笑みで受け入れていた。

「イーシャ、俺達も移動しよう」

「はい」

私達も今度は舞踏会の準備で大忙しだ。

ドレスもお色直しで、挙式の参列時とは別の夜会用のものに着替えなければならない。正直、同じでよくないだろうかと思うけれど……仕方がない。そういうものなのだ。

「イーシャは今のうちに少しでも座っておいて。妊婦は立ちっぱなしもよくないそうだから。ああ、何か飲むかい？」

「大丈夫です。ありがとうございます。ミーシャもいつもとは違うので気疲れしているのではないですか？」

「まあね。でも慣れているから大丈夫だよ」

今日のミハエルは武官ではなく、次期公爵としての出席だ。社交はもちろんいつだって次期公爵として動いているけれど、それでも王太子が結婚となれば、また少し変わるだろう。それなのにその夫人である私がお荷物状態なのは……。

落ち込みかけたところで、ミハエルが突然私の頬をつついた。

「えっ？　ミーシャ？」

「何か後ろ向きなことを考えたでしょ。例えば、自分が不甲斐ないとか、お荷物になってしまっているとか、もっとこうできればとか。あ、その顔は正解かな？　いい？　夫婦は支え合うもので、イーシャが俺を助けたいと思うのと同じで、俺もイーシャを助けたいしイーシャが体調を気遣わなければいけないのはイーシャの責任でもない。俺にもイーシャの不安をわけてよ」

そう言って、ミハエルは私の手をそっと握る。

「大丈夫。何かあっても、なんとでもなるよ。自分に自信が持てないなら、イーシャを信じている俺を信じて」

私は私に自信を持ちきれないけれど、ミハエルのことは信じられる。だからそのミハエルが大丈夫だというのだから大丈夫なのだ。

「……ミーシャが言うとそんな気がします」

「ありがたーい、ミハエル様からのお告げと思ってもらってもいいよ」

「それは絶対大丈夫ですね」

「いや、うーん。その条件反射で信じられるのもなんだか悔しい」

わざと悔しそうなポーズをとるミハエルを見て、私は笑った。本音を言えば、ミハエル様よりいつでも一緒にいて一緒に悩んでくれるミハエルに信じてもらえている方が私は安心できるのだけど。

様々な準備を行った私達は、祝宴に参加するためにバーリン公爵家全員で王宮へと向かった。

祝宴会場に入場した私は、知り合いはいないだろうかと周りを見渡す。王太子の誕生会よりも大勢の人が参加している気がする。公爵家なので、周りから挨拶されることが多く、私はミハエルの隣で微笑みながらも必死に名前と顔を一致させるので精一杯だ。

「イーラ、すこし顔色が悪いわ」

「そうだな。まだまだ祝宴は続くのだから、ミハエル付き添ってあげなさい」

頑張ろうと決意して臨んだのに、結局戦力外通知を出されてしまった。しかしただの挨拶だけで疲れてしまった私はお言葉に甘えることにする。

「ミーシャ、すみません」

「こういう時は謝罪ではない方が嬉しいな。役立つでしょ？」

ミハエルは使用人からモルスを受け取ると、壁際へ移動させてくれた。飲み物を持って壁際にいる時は休憩の合図のようなものなので、よっぽど親しい仲の者でなければ話しかけてはこない。

「それはもちろん。ありがとうございます」

ミーシャからモルスを受け取った私は謝罪ではなくお礼を言う。

「あ、あれ、義父上達じゃないか？」

ミハエルに言われた方を見れば、父と母が私と同じように飲み物を持ちながら壁際にいた。どちらも見たことがないぐらい着飾っていて一瞬分からなかった。

「挨拶をしに行こう」

「はい」

ミハエルに促されそちらへ向かえば、父達も私に気が付いたようだ。かなりホッとした顔をしている。

「やあ、ミハエル君にイリーナ。会えて嬉しいよ」

「俺もお会いできて嬉しいです。お二人も休憩中ですか？」

「ああ。こういう場は慣れなくて……」

「人酔いしかかっているので、端に寄ったの。声をかけてくれて嬉しいわ」

私が結婚するまで両親がこういった場所に出かけた記憶がないので、少なくとも数十年ぶりだろう。父の場合は元々跡継ぎではなかったので、初めてに近い状態かもしれない。

逆に母は絶対数十年ぶりであるはずなのに、堂々としている。

「今日はお二人だけですか？」

「いいえ。アレクセイも一緒よ。でも今は学友と話しているから、別行動中なの」

弟は母と同じで社交的だ。多分色々知り合いもいるのだろう。

「友人というとユーリ君とかですか？」

「ユーリって誰？」

「この間の立てこもり事件の犯人の元彼女を連れてきてくれたアレクセイの学友ですよ」

「へぇ。なら俺も後で挨拶をしにいかないとかな？」

……なんだかミハエルから不穏な空気を感じる。義弟の友人に姉の夫が挨拶……。変ではないだろうか？

「あまりいじめないであげてちょうだいね」

「お母様、ミハエルが年下の子をいじめるはずないじゃないですか」

ないないと母の懸念を否定すれば、母は大きくため息をついた。

「それならばいいのよ。そういえば、イーラはジャスミンちゃんの話は聞いている？」

「えっと。ジャスミンちゃんというのは、この間の？　いえ。特に何も聞いていませんけれど」

私はジャスミンとは、事件の後は一切会っていない。

別に恨みがあるとかそういう話ではなく、ただ単に生活範囲が違いすぎて会わないのだ。

「実はアレクセイは、何度か会っていて、そこで仕事の斡旋をお願いされたみたいなの。できればバーリン公爵家で働きたいのですって」

「まあ、安定していますからね」

結婚はこりごりな様子だったし、できれば勧めたいというのも分かる。

「それでアレクセイが色々アドバイスをしているようなのよ」

「アレクセイはかなり仲良くなったのですね」

「趣味が合うようね。特に宗教がらみの趣味が」

まさかあの後もそんな風に仲良くしているとは思わなかった。それにしても宗教がらみの趣味とは何だろう。はっ。もしかして、アレクセイはジャスミンのことが好きなのだろうか？

それならばジャスミンの宗教に弟が話を合わせて盛り上がっているのかもしれない。

思い返してみれば、ジャスミンは綺麗な金髪の持ち主で、愛嬌ある顔立ちだった。

「ユーリよりこっちの方が由々しき問題な気がする」

「ミーシャもそう思いますか……」

アレクセイはカラエフ領の跡継ぎだ。結婚相手が平民の女性だと、学ぶことが多すぎて大変だと思う。

「でも性別は同性だから、逆にいいのか？」

「えっ?! そうなのですか？」

知らなかった。まさかジャスミンが男性だったなんて。その恋はいばらの道すぎる。でも成就はないと考えれば、逆にいいというのも頷ける。

いやでも、やっぱりよくない。その状態でアレクセイに嫁ぐことになる女性が可哀想すぎる。

ここは公爵家で雇って、弟と物理的距離をとらせ様子を見た方がいいかもしれない。

「分かりました。話があった時は住み込みでの仕事になるけれどいいか確認しておきます」

弟離れができていないと言われようと、私はアレクセイが大切だ。できればいばらの道を進まず幸せになってもらいたい。なかなか会うことができない環境下でも惹かれ合うというのならば、その時は弟達の味方となろう。

母とそんな話をしていると、鐘の音が鳴った。雑談していた声がぴたりと止まる。

「王太子殿下及び、王太子妃殿下のご入場です」

文官と思しき人が宣言すれば、楽団が音楽を鳴らし、エミリア達が会場内に入ってきた。

朝から挙式に国民へのお披露目にとせわしないエミリアは、絶対疲れていると思うのに王太子の隣で、朝と変わらぬ笑みを浮かべていた。正直それだけで、エミリアは凄いと賞賛できる。

王太子達が着席すると、続いて他の王族が入室しそれぞれの席に座った。王太子の誕生会にはいなかったまだ若いというより幼い異母兄弟の姿もある。

最初に王が挨拶をすると、続いて王太子とエミリアが立ち上がった。

「私と我が妻となったエミリアの祝宴に出席してくれたことを感謝する。今日我らはバーリン公爵の立会の元、神に誓いをしてきた――」

王太子が結婚した報告をすると、会場中から拍手が起こる。

この会場にコーネフ侯爵の姿はない。果たしてどれだけの人が本心から拍手を送っているか分からないが、王太子もエミリアも当然の顔でその拍手を受けている。

そして拍手を止めて、さらに王太子は今後の展望について語り始めた。

「――今年は、氷龍が多く出現し、春の芽吹きが遅れた。国が一丸となり、この危機を乗り越えねばならない。長引いた冬により食料が不安になるだろう。南部に位置する領地には、ぜひとも今年は異国ではなく国内に優先的に食料を売って欲しい。北部は今年も氷龍が出るだろう。氷龍が群れれば国がどうなるかは皆が体験したところだ。どうか今年も国を守るためにその力を貸して欲しい」

エミリアに告白していた時は、思っていたよりもずっと繊細な方な気がしたが、この場で王太子として立ってからはずっと堂々としていた。

「元々北部は、この国が雪に閉ざされないためにとても重要な土地だった。そして国を興した時、忠臣にその土地を守ってもらった。しかし長き時を経るにつれ我々は誰によって春がもたらされ、安心して暮らせているのかを忘れてしまっていた。私は今一度、この国の春を守る北部の者に敬意を払いたいと思う」

北部はこの国の中では税収も少ないお荷物なイメージが強い。カラエフ領をはじめ、貧乏な田舎なため、悪い意味でしか話題に出てこないのが常だ。それなのに氷龍を討伐しきれず、冬が長引いたことを叱責するのではなく、王子は敬意を払うと言った。その言葉に会場がざわめく。

「今後カラエフ伯爵が神形（みかたち）の討伐において、長年積み重ねてきた英知を王家に貸してくれると言ってくれた。私はそれに報い、王都と北部、北部と南部を繋（つな）ぐ鉄道を開通させ、人や物の行き来がしやすくなるよう尽力したいと思う」

えっ。カラエフ伯爵って、お父様？

私がはっと、自分の父親を見れば、周りの視線が集まっている父はカチコチに固まっていた。顔にはこんな場所で名指しされるのは想定外と書いてある。……母が父の腕を掴（つか）んでいるけれど、これ、気絶しかけの父が倒れないように支えているんじゃないよね？

「バーリン公爵の力を借り、まずはバーリン領と王都の鉄道を開通させた。これを基に路線を広げ、南部の小麦を北部に回りやすくし、北部の負担を下げていきたい。これまでザラトーイ王国は異国に侮られないよう王都を発展させてきた。しかしこれからは、国一丸となり、国の強化を図るのが急務だと考えている」

王太子の決意表明は、これまでの路線と大きく変わる。それをここにいる貴族達がどう受け取るかは未知数だ。

「私もこの国の王太子殿下に嫁いだのですから、今日からザラトーイ王国の国民です。ですがこの結婚により、私の出身国であるシュヴァルツ国と縁ができました。私はこの縁がこの国を富ませる最良のものとなることを信じ、そしてそうなるように尽力いたします。そこでまずはシュヴァルツ国からザラトーイ王国へ小麦を優先して輸出してもらえるようお願いしました」

王太子の隣でエミリアも語る。凛としたエミリアはとても綺麗だった。

「この縁を大切にし、共に発展していきましょう。ザラトーイ王国に祝福を！」

エミリアの言葉に、歓声が上がる。

何度もこの国で命を狙われたエミリア。王宮では気を抜いた生活ができず、四六時中監視されていると言っていた。でも彼女はそこから逃げ出すのではなく、立ち向かうことを選んだ。

「将来このお二人がザラトーイ王国を治めるなら、心強いですね」

きっと大丈夫だと思い、お腹に手をやる。幸せな未来が二人から見える気がした。そんな私の肩をミハエルが抱き、私達は顔を見合わせて笑った。

まあ、どんな場所だとしても、ミハエルが隣にいるならば幸せだ……ん？

「あれ？　今、お腹を蹴られた気が？」

「えっ。本当に？　さ、触っていい？　いや、ここじゃ駄目か。えっ。でも俺もクローシカを感じたい。どうしてこのタイミングなんだい、クローシカ」

まだ生まれたわけでもないのに、おろおろしているミハエルに笑う。

イリーナ・イヴァノヴナ・バーリンの未来はどうやら真っ直ぐ幸せに向かっているようだ。

番外編：次期公爵の家族

俺の名はミハエル・レナートヴィチ・バーリン。バーリン公爵家の嫡男で、今、ザラトーイ王国で一番幸せな男だ。

なぜならば、初恋の相手であり最愛の妻であるイーシャが、一月前に無事に長男を出産したからである。

イーシャはバーリン公爵領で出産する予定だったが、王都で行われた妹のディディの結婚式直後に産気づいたため、急遽王都で出産することとなった。予定日より早かったこともあり、その時はかなり慌てたが、おかげで今でも王都の屋敷で一緒に暮らすことができている。

俺の髪色とイーシャの瞳の色を持った長男、ファリド・ミハエロヴィチ・バーリンは、愛おしいさが詰まった存在だ。皆からはファーリャと呼ばれ、可愛がられている。

もしもこんな俺にも不幸があるとすれば、毎日最愛の息子と妻と別れて仕事に行かなければいけないことだろう。もちろんイーシャだけがファーリャの世話をするわけではなく、使用人は十分に手配してある。だから子育てに不安はないし、新米父親である俺がいても、あまりファーリャをお世話できることはないだろう。でもそれとは話が別だ。俺が二人と一緒にいたいのだから。

とはいえイーシャに、『自分と息子のためにこの国を守って下さい♡』と可愛くお願いされたら、頑張るしかない。それでも今日だけは休憩時間だけでも屋敷に戻ろうと、馬車を走らせていた。

「息子をお披露目するならば、父親である俺も一緒じゃないと駄目だろ」

今日は屋敷で妹のディディと義弟であるアレクセイ、さらに個人的に交流があるローザヴィ劇場の館長のニキータさんとその劇場でプリマを務めるゾーヤに対して、息子のお披露目をしていた。偶然俺が出勤しているこの日が、皆都合がよかったらしい。

確かに目的はファーリヤで、出産で大変だったイーシャを労るために来るのだから二人がいれば問題ないのかもしれない。でも納得がいかない。

馬車が停まり外へ出れば木枯らしが吹く。今年は暑くなることなく夏が終わり、もう冬の足音が聞こえてくる。

足早に屋敷の中に入ると一部の使用人がエントランスで出迎えてくれた。しかしいつもならあるイーシャの姿はない。来客中なのだから仕方ないと分かっているけど、イーシャを取られたような気分だ。

俺はイーシャとファーリヤを取り戻し、かつ自分のものだと伝えるため、再び足早に客室に向かった。

「ただいまイーシャ！　ファーリャ！　お父様だよ！」

バンと勢いよくドアを開ければ、部屋の中にいた全員が俺を見た。

その中でイーシャだけが嬉しそうに微笑(ほほえ)む。彼女の微笑みを見ただけで、寒かった外のことも忘れるぐらい胸が温かくなる。

「おかえりなさい、ミーシャ。お仕事お疲れ様です」

「ああ、ありがとう。あっ、イーシャ、そのまま立たなくていいよ。他(ほか)のみんなも座っていてくれ」

ソファーに座った状態でファーリャを抱っこしていたイーシャが立とうとするのを手で制する。イーシャはただでさえ授乳と慣れない育児で疲れているのだから、気にせず楽にしていて欲しい。

どうやら俺が来るまで、皆でソファーに座り談話していたようだ。

ざっと見た限り全員が厚手の長袖(ながそで)の服を着ていて、冬の始まりを感じる。いつもはそこまで季節の移り変わりを気にしたりしないのだが、イーシャとファーリャは本格的な冬が来る前に俺の母がいるバーリン領へ移動した方がよいのではないかという話が出ていた。去年は氷龍(アイスドラゴン)が沢山発生してしまったので、今年の冬は仕事を休むわけにはいかない。もし二人が帰省すれば、王都で一人残ることになるだろう。あと何日二人と一緒にいられるのだろうか……。

もちろんイーラとファーリャが過ごしやすいのが一番だというのは理解している。でも俺の気持ちとしてはできることならば二人から離れたくない。また離れている間にファーリャが俺のことを忘れてしまったらと思うと悲しくなる。

そういうこともあって、余計に父親らしい行事には積極的に関わりたいのだ。

「お兄様、本当に帰ってきたんだ。私もイーラ姉様と一緒にお客の対応をしていたから大丈夫なのに」

呆(あき)れた目でアセルが見てきたが、俺は堂々と胸を張った。

「帰ってくるのは当然だろう？　ファーリャのお披露目なら、父親である俺がいないと」

客が身内ばかりなのでイーシャだけでも大丈夫だろうけれど、授乳で夜間寝られないイーシャの体調は万全とは言いがたい。だから末妹のアセーリャが手助けしてくれるのは非常に助かる。でもそれとこれは話が違う。

俺抜きで幸せ家族のようなやり取りをしているとかずるい！

「ファーリャだってお父様がいた方が嬉しいよな」

今はイーシャの腕の中でご機嫌なファーリャに話しかけた。外は寒いが部屋の中は暖かいので、ファーリャは帽子をかぶっておらず、俺そっくりの髪がふわふわとしている。俺の声に反応したファーリャは灰色の瞳で俺を不思議そうに見上げた。俺の声に懸命に反応する姿が可愛い。

「ファーリャ、お父様の方においで」

「ふふっ。はい、どうぞ」

手を差し出せば、イーシャが俺の腕の中にファーリャをのせてくれた。俺は温かい重みを大

切に抱きかかえる。まだ首が据わっていないためどこもかしこもふにゃふにゃだ。抱っこはまだまだ慣れないが、それでもお父様に抱っこされたらファーリャも嬉しいはず——。

「ふぇっ、ふぇぇぇ」

「えぇっ。ふぁ、ファーリャ？　どうしたの？　お腹すいた？　それともオムツ？」

やさしく持ち上げたつもりだったのに、泣き始めたファーリャにおろおろする。ファーリャを泣かせるような悪党はお父様がやっつけてやるからなと言いたいのに、まさかの泣かせた悪党が俺……。こんなはずでは。

「ふふふ。残念でした。ファーリャはミルクを飲んだばかりだし、オムツも替えたばかりだよ。貸して。私があやしてあげる」

泣かれた俺に対して、アセーリャはふふんと笑い胸を張った。しかし泣かれているのも事実。くやしいがファーリャ的にもいつまでも泣かされ続けたくないだろう。

「こうやって、安心させるように笑いかけて……あれ？」

「ふえぇぇぇん」

「ファーリャ？　いつもはご機嫌なのに、どうしたの？」

「貸しなさい。まったく。こういうのは角度が大事なのよ」

ディディがお姉さん風を吹かせてアセーリャからファーリャを受け取った。しかし慣れていないため支えるだけで必死になり、眉間のしわが増える。そしてそれを敏感に感じたらしいファーリャが一層強く泣いた。

「ふえええええん！」

「……うまく行かないわね」

最終的にディディは、そうではないのだと苛立ちを訴えるようなファーリャの泣き声に、眉を下げた。

「あの。姉上、僕も抱っこしてみていいですか？」

「ええ。いいわよ」

結局兄妹そろって泣き止ませられなかったのを見たアレクセイが挙を上げた。ここでアレクセイが泣き止ますことができたら、俺の立場が……。いや、でも。ファーリャにとってはいいんだよな。

複雑な気分になりながらもそれを見守る。

「うわ。軽い……。ファリド、僕が叔父さんだよ。ファリドは姉上に似て賢いから色々訴えたいんだね」

笑顔でアレクセイは話しかけたが、ファーリャは泣き止まない。

「あー。でもごめん、何を伝えたいのか分からないなぁ。……姉上、すみません。ファリドが泣き止みません」

意外と慣れた手つきで抱っこしていたが、終始ファーリャに泣かれ続けたアレクセイは早々に白旗を上げた。

「当たり前じゃないの。一瞬でぴたっと泣き止ませられたら、親の立つ瀬がないわ」

「姉上によく似ているから、僕の子ではないかと錯覚するぐらいだったので、うまくいくと思ったのですが……」

「いや、俺の子で俺に似ているから。もちろんイーシャにも似ているけれど誰が親だ、こら。

俺は自分が父親であるとしっかりと主張しておく。

「なら折角だから、私も抱っこさせてもらってもいいかな？」

俺たちのやり取りを見ていたニキータさんが手を挙げたのを見て、イーシャは微笑んだ。

「はい、お願いします」

イーシャから許可を取ると、ニキータさんはアレクセイからファーリャを受け取る。結婚はしていないはずなのに、彼もまた手馴れた様子だ。とはいえファーリャはやはり泣き続けている。泣かれるのは俺だけではなかったので、ちょっとだけほっとしたけれど、口に出したら小者感があるので黙っておく。

相変わらずファーリャは泣き続けていたが、ニキータさんはそれでも嬉しそうに頬を緩めた。

「抱っこをすると、イリーナが幼かった頃を思い出すよ。イリーナは抱っこが好きな子だったからねぇ。折角だし、ゾーヤも抱っこさせてもらったらどうだい？」

「えっ？　私もですか？」

ソファーで一人物静かにしていたゾーヤは、急に話を振られ戸惑った顔をした。生まれたての子供が怖いのかもしれないし、公爵家の跡取り息子だから恐れ多いと思ったのかもしれない。紫の瞳が困ったように揺らぎ、イーシャを見る。

「ゾーヤさん、私からもお願いできますか？」

「……なら。折角だから、抱っこさせていただきます。ファリド様、こんにちは」

ゾーヤは受け取ると、ソファーから立ち上がった。そして軽くゆらゆらと揺れる。

バレリーナだからリズムをとるのだろうかと思った瞬間、ファーリャの泣き声が唐突に止まった。

えっ？　ここにきて泣き止んだだと?!

「流石ゾーヤさん。年の離れた兄弟の世話をされていたというだけあって、慣れていますね」

「偶然です。これくらいの子は理由が分からないけれど、とにかく泣き止まないことだってあるものですから。ただ今は少し揺らして欲しかったのでしょうね」

そうか。彼女によって泣き止んだのは慣れているからで、俺が泣かれたのは不慣れな新米父親だからだよな。嫌われているわけじゃないよな？　ファリドはお父様大好きだもんな？

同じ新米であるイーシャが抱っこすると比較的ご機嫌なことの方が多い気がするのは気のせいとしておこう。

「でも、動いている方が安心するなんて、……バレエの才能があるのでは？」

「いや、ファーリャは公爵家の跡取りだから」

ぼそっと真顔で呟かれ、俺は慌てて止める。イーシャの子なのだから、ファリドの運動神経は間違いなくいいだろう。だとしても公爵家の嫡男なので、初めから目指すことはあり得ない。兄弟が生まれ、なおかつ本人の希望がバレエダンサーなら一考はするけれど。

「あっ。大変失礼いたしました。つい……」

「はははは。ゾーヤ、イリーナを抱っこした時のスザンナ先輩とまったく同じことを言っているよ。まだずっと先の話だし、将来を急いで決めることなんてないさ」

ニキータさんの言うことはもっともだ。

ただ、イーシャは赤子の時から目をつけられていたのかと若干遠い目になる。しかもバレリーナにはならなかったが、去年は本当に舞台で踊ることになったのだ。それも王太子の結婚式でバレエを披露するような劇団でだ。……スザンナ先生の執念を感じる。

そしてそれと同じことを言い出すゾーヤ。バレエダンサーにはならなくても、いつか舞台で踊ることにはなりそうだ。

「まあでも、幼い頃から芸術に触れることは悪いことではないし、王都にいる時はいつでも劇場に遊びにきて欲しいな」

「はい、是非。あ、そうでした。先ほど、ミーシャが帰って来る前に皆様に相談したのですが、冬が明けるまではこのまま王都に滞在しようと思うんです。お義母様からは冬になるギリギリ前にバーリン公爵領に移動してはどうかと言われましたが、まだファーリャの首も据わっていないので長時間馬車に乗せてバーリン領に行くより、春になって首が据わってから移動した方がいいと思いまして。王都で過ごしている間は、ローザヴィ劇場に立ち寄ってもいいと言って下さっているので、ファーリャのことも気軽に相談できるのではないかと思うのです」

　母上は心配しそうだが、元々イーシャは出稼ぎをしていたこともあり、平民と交流を深めることに忌避感がない。屋敷のメイドとも仲良く過ごしているようだし、俺としても少しでもイーシャの傍にいたいので王都の屋敷で過ごすのは大歓迎だ。

「いいね。ゾーヤも赤子に慣れているようだし、屋敷にも赤子の世話をしたことがある使用人がいるからね」

　現在子育て中の使用人はいないので、赤子の世話をしたことがある人は親子ぐらい年が離れている。そう思うと年が近いゾーヤと話すのはイーシャの気分転換にもいいかもしれない。

「僕からも一つ提案なのですが、立てこもり事件で知り合ったジャスミンを仮で使用人として雇ってみませんか？　彼女も兄弟が多く、赤子の世話もしていたそうです。洗濯メイドでもなんでもやると言っていたので、きっと姉上の役に立ってくれると思います」

　ジャスミンと言われても顔もしっかりと思い出せないが、確か犯人の元彼女だった気がする。へぇ、そうだったんだとしか俺は思わなかったが、イーシャは思いつめたような顔をした。

「アレクセイ、えっと、もやもやするのも嫌だから単刀直入に聞くけれど、もしかしてジャスミンのことが好きだったりするの？　事件の後もずっと交流を持ち続けているようだけど」

イリーナが意を決したように問いかけると、アレクセイはきょとんとした顔をした。

「いいえ。共通の趣味もありますから友人として仲良くしていますが、カラエフ領に彼女が嫁ぐのは難しいので婚約者候補ではありません」

アレクセイの表情からして、嘘ではなさそうだ。

イーシャもそう思ったようで、ホッと息を吐いた。だとしたら仕事斡旋は友人としてか。俺としても人となりが問題なく、身元が保証できるのならば、洗濯メイド一人増やしても問題ない。

「共通の趣味とはどういうものなのかしら？」

「どういうもの……うーん。尊敬している人が同じで、その軌跡を語り合うのが楽しいんです」

「へぇ」

……イーシャは気が付いていないようだけど、アレクセイが尊敬している人は、間違いなくイーシャだ。あ、思い出したぞ。ジャスミンは、犯人に対して、『私と結婚して欲しければ、イリーナ様になりなさい！』という迷言を残した女性ではなかっただろうか。そして王太子の結婚式の時に義母から、アレクセイと宗教がらみの趣味が合っている女性だと説明された要注意人物だ。

宗教……つまり間違いなくイリーナ教へと足を踏み入れている彼女が使用人……。忠誠心が高い使用人というのは悪くはないのだけれど、しっかり手綱を握らないと暴走しかねない恐れもある。

「私は勤めてもらっても構わないけれど、ミーシャとアセーリャはどう思いますか?」

「えっ。イーラ姉様、本当にいいの?」

「駄目でしたか?」

「駄目というか、イーラがいいならばいいとは思うけれど……。でも公爵家で得た情報は勝手に流しては駄目だと事前にしっかり教育しなければいけないわね」

妹たちは正しく状況を理解しているようだ。確かに教育は必要だろう。むしろ変にイーシャの周りを動き回られるよりも、しっかりと迷惑行為ができないように首輪をした方がいいかもしれない。

「噂(うわさ)好きな方なのですね。……公爵家の中に招き入れるのですから、安請け合いせず、自分でちゃんと確認をしておくべきでした」

ちょっと違う気がするが、どちらにしろ教育は必要なので黙っておく。

「アレクセイも、公私混同をしては駄目よ?」

ディディもイーシャの様子に心配になったのだろう。アレクセイに念押しした。

「はい。分かりました。僕としても姉上にとって不利益なことをされるのは困るというか、万死に値すると思っているので、友情にひびが入らないためにも、しっかりとした教育をよろしくお願いします」

「万死って大げさすぎない？」

イーシャは少し呆れたように言ったが、アレクセイは本気でそう思っていると思う。それにイーシャもミハエル教徒化している時は、似たようなことを言っているからね。

「……まあ、それはさておき、イーシャは冬も王都に滞在するということでいいかな。アセーリャはどうする？」

「もちろんイーラ姉様が残るなら王都に残るよ。だってお姉様も嫁いでしまったからいないし、私だってファーリャと一緒にいたいもの。イーラ姉様も私が一緒の方が嬉しいよね？」

「それはもちろん」

まあ、そうなるとは思ったよ。

二人っきりは無理だよな……ファーリャがいるから元々無理だけど。それにこの冬は遠征がないとは言い切れない。イーシャのことだから一人でも、また俺の昔の服やら姿絵を持ち出して楽しんでそうだけど、相談相手は何人もいた方がいいだろう。

「あの、すみません。ファリド様が眠ってしまわれたみたいですけれど……」

今後の話をしていると、遠慮がちにゾーヤが声を上げた。

「あっ。本当ですね。オリガ、ファーリャのベッドを持ってきてくれる？」

「かしこまりました」

イーシャの指示にしたがい、すぐに籠型のベッドが用意された。まだ寝返りもせず、日中よく眠るファーリャはいつでも持ち運びできる籠で眠っていた。

すぐに運ばれた籠の中にそっと寝かせると、今日はそのままますやすやと眠りの体勢に入ってくれた。イーシャ曰く、ファーリャはベッドにおろした瞬間に泣くこともあるそうだ。抱っこされているかどうかを瞬時に判断できるファーリャは賢いな。

「本当に天使みたいな寝顔ね。目元はやっぱりイーラ似な気がするわ」

「髪はお兄様譲りだけどね。イーラ姉様なら信仰心でお兄様と瓜二つの子を産むと思ったのだけどなぁ」

籠を覗き込んだディディとアセーリャが小声で話す。

「いくら私でも信仰心では瓜二つにはできません。でも全体的にやはりミーシャ似な気がします」

「僕は姉上似だと思うなぁ」

俺似か、イーシャ似なのか。そんなささやかなネタで盛り上がれるなんてファーリャの愛される力は凄いと思いつつも、ここは俺も口出ししなければ。

「何を言っているんだい？　俺と、イーシャの子なのだから、俺とイーシャの両方に似ていて当然じゃないか。片方だけなんておかしいだろう？」

銀髪に灰色の瞳というだけでも両方の色が入っている。自信満々に言えば、全員から呆れたような目を向けられた。

「まあ……うん。たしかに当然ね」

「むしろ綺麗に二人の色が入っていることが、お兄様の執念な気がしてきた」

「どういう意味だよ！」

当たり前のことを言っただけなのに、どうして呆れたような目で見られるのかまったく分からない。

「大きな声を出さないで下さい。ファリドが起きてしまうじゃないですか」

アレクセイに注意され、俺は黙ったけれど、なんか納得いかない。

「悪かったけど、父親は俺だから。つまりファーリャの保護者は俺だから」

「……なんの牽制しているのよ」

ディディは呆れ顔だが、イーシャはくすくすっと笑った。

「ファーリャは幸せですね。沢山の人に大切にされて。父親はもちろんミーシャですけれど、たくさん保護者がいることは、私はいいことだと思います。私もイザベラ様によくなついていましたので」

「俺は絶対、ファーリャにお父様大好きと言われてみせる」

「まだ単語も話せないので、大好きの前に、まずは名前を呼ぶところからですね」

赤子が喋りだすのはいつぐらいからだろうか。

イーシャの言う通り、まずは単語を話すところからだ。それまでにいっぱい話しかけて、最初に父上と呼んでもらおう。もしくはイーシャの次なら許す。

「かまいすぎて嫌われないようにね」

「お兄様、やりすぎるから……」

やりすぎか？

でもこれぐらいちゃんと意思表示しないとイーシャは斜め上に解釈していく。それどころか意思表示しても、ずれる時はずれるんだよな……。やっぱり、解釈のずれが出ないようにしっかりと愛情は伝えていかないといけないと思う。

「大丈夫。ファーリャなら俺の愛を受け止められる！」

「だから、声を小さくして下さい」

一番年下のアレクセイが絶対守るとばかりに俺を睨みつけた。

「これだと、どちらが親か分からないねぇ」

「いや、俺だから」

ニキータさんに揶揄われ、反射的にツッコミを入れたけれど、確かにファーリャには沢山の親がいるみたいだ。でも父親は俺。大切なことだから何度でも言ってやる。

なんとしてもファーリャに一番に名前を呼んでもらえるように頑張ろうと心に決めた。

あとがき

こんにちは。とうとう出稼ぎ令嬢も7巻目！　ここまで書けたのは皆様のおかげです。ありがとうございます。

今回の話で、イリーナの父方の秘密がすべてオープンとなり、王太子と王女の婚約騒動も終わった形になります。個人的にはこの話をもって、一巻が序章となったかなと思いながら書いておりました。イリーナもとうとう母となったことなど、色々語りたいのですが、一ページしかありませんので、まとめに入らせていただきます。

担当H様。いつも相談に乗っていただきありがとうございます。打ち合わせのおかげで、イリーナのネタが次々と降ってきます。

安野メイジ先生。今回も素敵な絵をありがとうございます。宗教画となったピンナップは、綺麗な絵柄だからこそより笑わせていただきました。

そしてこの本を手に取って下さった皆様。少しでも楽しんでいただけたら幸いです。

IRIS
ICHIJINSHA

出稼ぎ令嬢の婚約騒動7
次期公爵様は愛妻が守らせてくれなくて心配です。

2024年7月1日　初版発行

著　者■黒湖クロコ

発行者■野内雅宏

発行所■株式会社一迅社
〒160-0022
東京都新宿区新宿3-1-13
京王新宿追分ビル5F
電話03-5312-7432（編集）
電話03-5312-6150（販売）

発売元：株式会社講談社
（講談社・一迅社）

印刷所・製本■大日本印刷株式会社

ＤＴＰ■株式会社三協美術

装　幀■世古口敦志・丸山えりさ
（coil）

ISBN978-4-7580-9650-8

●この作品はフィクションです。実際の人物・団体・事件などには関係ありません。

この本を読んでのご意見
ご感想などをお寄せください。

おたよりの宛て先

〒160-0022
東京都新宿区新宿3-1-13
京王新宿追分ビル5F
株式会社一迅社　ノベル編集部
黒湖クロコ 先生
安野メイジ(SUZ) 先生

IRIS ICHIJINSHA

第13回 New-Generation アイリス少女小説大賞

作品募集のお知らせ

一迅社文庫アイリスは、10代中心の少女に向けたエンターテイメント作品を募集します。ファンタジー、ラブロマンス、時代風小説、ミステリーなど、皆様からの新しい感性と意欲に溢れた作品をお待ちしています！

金賞	賞金100万円	＋受賞作刊行
銀賞	賞金 20万円	＋受賞作刊行
銅賞	賞金 5万円	＋担当編集付き

応募資格 年齢・性別・プロアマ不問。作品は未発表のものに限ります。

選考 プロの作家と一迅社アイリス編集部が作品を審査します。

応募規定 ●A4用紙タテ組の42字×34行の書式で、70枚以上115枚以内（400字詰原稿用紙換算で、250枚以上400枚以内）
●応募の際には原稿用紙のほか、必ず ①作品タイトル ②作品ジャンル（ファンタジー、時代風小説など） ③作品テーマ ④郵便番号・住所 ⑤氏名 ⑥ペンネーム ⑦電話番号 ⑧年齢 ⑨職業（学年） ⑩作歴（投稿歴・受賞歴） ⑪メールアドレス（所持している方に限り） ⑫あらすじ（800文字程度）を明記した別紙を同封してください。
※あらすじは、登場人物や作品の内容がネタバレも含めて最後までわかるように書いてください。
※作品タイトル、氏名、ペンネームには、必ずふりがなを付けてください。

権利他 金賞・銀賞作品は一迅社より刊行します。その作品の出版権・上映権・映像権などの諸権利はすべて一迅社に帰属し、出版に際しては当社規定の印税、または原稿使用料をお支払いします。

締め切り 2024年8月31日（当日消印有効）

原稿送付宛先 〒160-0022 東京都新宿区新宿3-1-13 京王新宿追分ビル5F
株式会社一迅社 ノベル編集部「第13回New-Generationアイリス少女小説大賞」係

※応募原稿は返却致しません。必要な原稿データは必ずご自身でバックアップ・コピーを取ってからご応募ください。※他社との二重応募は不可とします。※選考に関する問い合わせ・質問には一切応じかねます。※受賞作品については、小社発行物・媒体にて発表致します。※応募の際に頂いた名前や住所などの個人情報は、この募集に関する用途以外では使用致しません。